站在巨人的肩上
Standing on the Shoulders of Giants

[日] 结城 浩◇著
陈朕疆◇译　洪万生◇审

数＋学＝(女×孩)的秘密笔记

排列组合篇

人民邮电出版社
北京

图书在版编目（CIP）数据

数学女孩的秘密笔记. 排列组合篇 /（日）结城浩著；
陈朕疆译. -- 北京：人民邮电出版社，2024.1
（图灵新知）
ISBN 978-7-115-62781-0

Ⅰ. ①数… Ⅱ. ①结… ②陈… Ⅲ. ①长篇小说－日
本－现代 Ⅳ. ①I313.45

中国国家版本馆CIP数据核字(2023)第186537号

内 容 提 要

"数学女孩"系列以小说的形式展开，重点讲述一群年轻人探寻数学之美的故事，内容深入浅出，讲解十分精妙，被称为"绝赞的数学科普书"。"数学女孩的秘密笔记"是"数学女孩"的延伸系列。作者结城浩收集了互联网上读者针对"数学女孩"系列提出的问题，整理成篇，以人物对话和练习题的形式，生动巧妙地解说各种数学概念。主人公"我"是一名高中男生，喜欢数学，兴趣是讨论计算公式，经常独自在书桌前思考数学问题。进入高中后，"我"先后结识了一群好友。几个年轻人一起在数学的世界中畅游。本书非常适合对数学感兴趣的初高中生及成人阅读。

◆ 著　　　[日] 结城浩
　 译　　　陈朕疆
　 审　　　洪万生
　 责任编辑　魏勇俊
　 责任印制　胡　南
◆ 人民邮电出版社出版发行　　北京市丰台区成寿寺路11号
　 邮编　100164　电子邮件　315@ptpress.com.cn
　 网址　https://www.ptpress.com.cn
　 天津千鹤文化传播有限公司印刷
◆ 开本：880×1230　1/32
　 印张：9.25　　　　　　　2024年1月第1版
　 字数：175千字　　　　　 2024年1月天津第1次印刷
　 著作权合同登记号　图字：01-2021-3523号

定价：59.80元

序章

好想数一数。

你想数什么呢？

想数一数很大的数。

多大的数呢？

大到数不清。

数不清也想数一数吗？

因为数不清，所以才想数一数啊！

好想数一数。

想怎样数呢？

先分类，再慢慢数。

怎样分类呢？

先找到共同点，再分类。

怎样找到共同点呢？

一边数，一边会发现。

我和你，代表同一个数。

是同一个人吗？

加起来一共两个人，牵手就能明白。

献给你

本书将由由梨、蒂蒂、米尔迦与"我",展开一连串的数学对话。

在阅读中,若有理不清来龙去脉的故事情节,或看不懂的数学公式,你可以跳过去继续阅读,但是务必详读他们的对话,不要跳过。

用心倾听,你也能加入这场数学对话。

登场人物介绍

我

高中二年级，本书的叙述者。

喜欢数学，尤其是数学公式。

由梨

初中二年级，"我"的表妹。

总是绑着栗色马尾，喜欢逻辑。

蒂蒂

本名为蒂德拉，高中一年级，精力充沛的"元气少女"。

留着俏丽短发，闪亮的大眼睛是她吸引人的特点。

米尔迦

高中二年级，数学才女，能言善辩。

留着一头乌黑亮丽的秀发，戴金属框眼镜。

妈妈

"我"的妈妈。

瑞谷老师

学校图书室的管理员。

目录

第 1 章

不是 Lazy Susan 的错

"排成一列，比较容易数。"

1.1　在顶楼

蒂蒂："学长，原来你在这里啊!"

我："是蒂蒂啊!"

　　这里是高中宿舍的顶楼，正值午休时间。

　　在我啃面包的时候，学妹蒂蒂来到顶楼。

蒂蒂："好舒服的风哦! 我可以和学长一起在这里吃午餐吗?"

我："当然可以。你在找我吗?"

蒂蒂："没，没有啦……不是特意来找学长，只是刚好经过这里
　　而已。"

　　蒂蒂说着，在我的旁边坐下。

　　不过，为什么会刚好经过顶楼呢?

　　我咬了一口面包，开始思索这个问题。

我："你的午餐呢?"

蒂蒂："嗯，午餐已经吃过了……对了，学长，我最近一直在想一件事。"

我："什么事呢？"

蒂蒂："这个嘛，'思考'这件事本身到底是怎么一回事呢？"

我："这是个很深奥的问题呢！"

蒂蒂："啊，不对，我不是这个意思。"

蒂蒂拼命挥动双手否认。

蒂蒂："不是那种深奥的问题，我是指解数学题的那种思考。"

我："能再解释详细一点儿吗？"

蒂蒂："我……我自认为在数学这科下了不少功夫，但在解题的时候经常会有'怎么没想到要这么做'的感觉。"

我："是吗？"

蒂蒂："我一直想不通，怎样才能想出解题方法。学长，你应该不会碰到这种情况吧？解数学题的时候，究竟该怎样思考才对呢？"

我："不不不，蒂蒂，我也经常会有'怎么没想到要这么做'的感觉哦！"

蒂蒂："咦，学长也会有这种感觉吗？"

我："是啊，当我遇到解不出来的题目时，在翻阅解答后，经常会有两种感觉：一种是觉得'这种解法太厉害了'而深感佩服；另一种是觉得'这种解法怎么可能想得到啊'而感到莫名其妙。"

蒂蒂："原来是这样啊!"

我："会感到莫名其妙，多半是因为这类解法过于特殊，让我不由得想'这种解法根本没办法应用在别的题目上嘛'。"

蒂蒂："嗯，我觉得自己应该还没有达到那种境界，不过……学长，你听过这样的问题吗?"

我："什么问题呢?"

1.2　圆桌问题

蒂蒂："前阵子，我在电视上看到一家餐馆内的摆设。"

我："嗯。"

蒂蒂："其中一张圆桌上面有 Lazy Susan……"

我："Lazy Susan 是什么啊?"

蒂蒂："就是圆桌上可以转来转去的旋转台。"

我："哦……原来那个东西叫作 Lazy Susan 啊!"

蒂蒂："客人会围坐在圆桌周围。"

我："是啊，围着圆桌吃饭。"

蒂蒂："围坐在圆桌周围，客人可以和旁边的客人聊天，不过要是座位相隔远一点儿，交谈不是很不方便吗?"

我："没错。"

蒂蒂："如果想和所有人都说话，只能常常换座位啰！于是我产生了一个想法，以餐馆的圆桌为例，要是有 5 个人围绕圆桌坐成一圈，共有几种入座方式呢？"

问题 1（圆桌问题）

一张圆桌，有 5 个座位。5 个人欲坐在这些座位上，共有几种入座方式呢？

我："原来如此，这个问题啊……"

蒂蒂："学长，请等一下。"

我："咦？"

蒂蒂："学长，不要马上告诉我答案哦！"

我："好好好，你是怎么想的呢？"

蒂蒂："试着将 5 个人排排看，算算总共有几种可能的排列方式。"

我："哦！"

蒂蒂拿出笔记本。

蒂蒂: "就像这样, 不过算到一半的时候变得有点儿混乱⋯⋯"

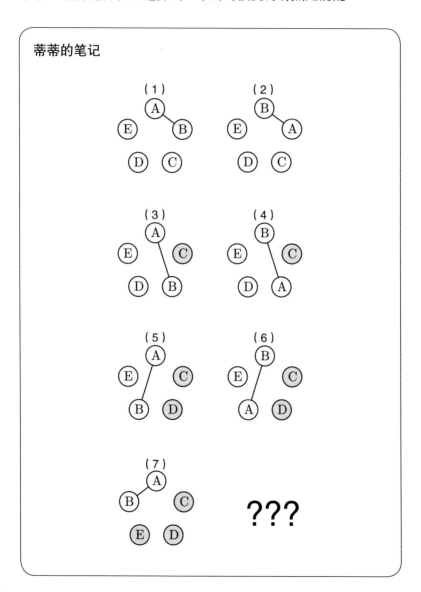

蒂蒂的笔记

我: "我明白了。你想用穷举法, 把所有可能都列举出来。这是可
行方法之一。"

蒂蒂: "是的。"

我: "可是, 你是否按照一定的顺序来计算可能的情形了呢?"

蒂蒂: "有啊! 假设有 A、B、C、D、E 这 5 个人坐在圆桌旁, 画
成示意图就像这样。首先, 让 A、B、C、D、E 按顺时针方
向入座。"

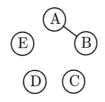

(1) 5 人按顺时针方向入座

我: "嗯, 基本上没错。请问: A 和 B 之间的连接是什么意思呢?"

蒂蒂: "这条线表示接下来要将这两个人的座位对调。A 和 B 的
座位对调, 就是另一种入座方式, 所以变成下面的 (2)。"

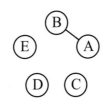

(2) 将 A 和 B 的座位对调

我: "这样啊……嗯。"

蒂蒂："其次，考虑 A 和 B 不相邻的情况，假设 A 和 B 之间夹了
　　　C，变成（3）的情形。"

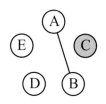

（3）A 和 B 之间夹着 C

我："嗯，没错。"

蒂蒂："然后和刚才一样，再将这两个人的座位对调，得到（4）。"

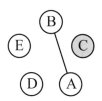

（4）将 A 和 B 的座位对调

我："蒂蒂……"

蒂蒂："接下来，考虑 A 和 B 之间夹了 C 和 D 的情形，也就是
　　　（5），然后，再将这两个人的座位对调，得到（6）。"

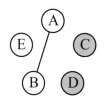

（5）A 和 B 之间夹着 C 和 D

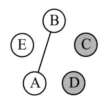

（6）将 A 和 B 的座位对调

我："蒂蒂，可是……"

蒂蒂："不过，当我想在 A 和 B 之间夹进 C、D、E 时，也就是
（7）的时候，发现了一件事。"

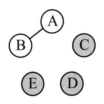

（7）A 和 B 之间夹着 C、D、E

我："……"

蒂蒂："（7）的入座方式从另一个角度看，和（2）的入座方式一
模一样。"

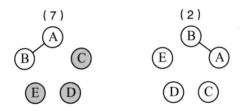

（7）和（2）的入座方式完全相同

我："是啊，这种解题方式不太好，会重复计算哦！"

蒂蒂："没错，学长说得对，这种解题方式并不好。我原本以为只要让夹在 A 和 B 之间的人数逐渐增加，就可以列出所有可能的情形。没想到圆桌居然是陷阱。一不小心，同样的入座方式就会重复出现。"

我："正是如此。逐渐增加人数这个想法不错，但是出现重复情形就麻烦了。"

蒂蒂："于是，我就被困在这里。碰到这种情况的时候，要怎样思考才能找到答案呢？怎么做才能真正解出数学题的答案呢？"

蒂蒂看向我，睁大她的眼睛，等待我的回答。

我："嗯……这么说吧，蒂蒂，能解答所有数学题的万能解题法，并不存在。"

蒂蒂："啊，这么说也是啦，不好意思。但这样一来，不就需要把各种解题方式全部死记硬背下来才行吗？这样在我们碰到不同的数学题时，才有办法解答。不过，要把所有解题方式都背下来实在有点儿困难……"

我："嗯，相当困难。能解答所有数学题的万能解题法并不存在，当然，也不可能把所有数学题的解题方式都背下来。"

蒂蒂："没错，就是这个意思。万能的工具不仅不存在，把所有工具都收集齐全也很困难，那该怎么办才好呢？"

我："我说蒂蒂啊，这个想法会不会太极端呢？你想到的解题方式过于极端，实际的情形常常介于两者之间。"

蒂蒂："这是什么意思呢？"

我："解数学题的时候，通常不会只用到死记硬背的解题方式。当然，还是会用到记忆中的解法，把自己以前所有的解题经验全拿来试试看。但解题时，必须详读题目、理解叙述、整理解题条件……这样才能逐渐推导、得到答案哦！"

蒂蒂："听起来好复杂哦……"

我："把某些解题方式死记硬背下来是一个办法，不过如何运用这些解题方式很重要。在数学家波利亚的《怎样解题》这本书中，提到许多解题方式。至于我自己的解题经验嘛，只是许多顺利解答与被难题困住解不出来的经验而已。真要说的话，我在解题的时候，常常会这样对自己'提问'。"

- 仔细阅读题目了吗？
- 能试着举一个例子吗？举例说明，验证自己是否理解。
- 能试着作图吗？
- 能整理成表格吗？
- 能为未知事物命名吗？
- 是否考虑到所有状况？有没有遗漏？

- 有没有类似的东西？

- 会不会觉得"如果那样就好了"？

- 反过来想又会怎么样呢？

- 如果数太大，想想看数小的情况怎么样？

- 遇到极端的情形该怎么办？

- 再重新仔细阅读一遍题目。

蒂蒂："原来如此……学长所说的'提问'，虽然听起来很抽象，实际却很具体。和直接解答相比，这些提问好像很抽象，但就对自己的要求而言，却是很具体的提问。"

蒂蒂一边点头一边说，很快接受了我的说法。

我："没错。面对题目的时候，这样的'提问'很有效。在解题时，自问自答是很有用的方法。"

1.3　回到圆桌问题

蒂蒂："回到刚才的餐馆的圆桌旋转台，学长会怎样解这个题目呢？嗯……我想问的不是'答案本身'，而是想问学长该怎么思考，或者说解题时的思考方式。"

> **问题 1（圆桌问题）**
>
> 一张圆桌，有 5 个座位。5 个人欲坐在这些座位上，共有几种入座方式呢？
>
>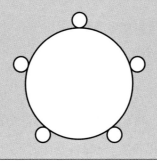

我： "嗯，如果是我，大概会和你一样，先'用示意图表示'，也就是画出 5 个人坐在不同座位上的示意图。接着为这 5 个人'命名'，分别为 A、B、C、D、E，这部分也和你一样。"

蒂蒂： "都和人家一样……"

我： "嗯，不过这 5 个人的排列顺序可能和你的方式不太一样。然后，当我得到几种入座方式时，应该会有和你一样的发现。"

蒂蒂： "和我一样的发现……"

我： "没错，我会想到让 5 个人围绕一圈坐好，不过大概不会真的画出可以旋转的 5 个座位，而是想象另一种比较简单的表现方式，以对应这 5 个座位。这是因为可以旋转的座位，在计算的时候很容易混淆。"

蒂蒂："是的，我也觉得这样不太好算。"

我："是啊，这时就会用到'提问'中的：'会不会觉得如果那样就好了？'"

蒂蒂："如果那样就好了？"

我："没错，我会觉得要是座位不能旋转就好了。"

蒂蒂："原来如此。可是，实际上还是可以转啊！"

我："为什么我们会觉得座位旋转不好呢？因为我们原先可能会以为某两种入座方式是不同情形，但旋转后发现它们其实是相同情形，这样就重复计算了。"

蒂蒂："是啊！"

我："所以我们要想办法禁止座位旋转。为了达到这个目的，只要固定其中 1 人的座位即可。"

蒂蒂："啊！"

我："固定其中 1 人的座位，即使旋转座位，这个人的座位也不会发生改变，结果入座方式会变得与前面不同，所以不会重复计算。"

蒂蒂："也就是让其中 1 人当'国王'啰！"

我："哈哈，这样讲也没错。让其中 1 人当'国王'，固定座位，再来数数看有几种入座方式。如果那样就好了，善用这个提问，便能有益于解题。"

蒂蒂："原来如此。从要是座位不能旋转就好了，进一步推论到固定其中 1 人的座位就行了⋯⋯"

我："你刚才的解法中，最上面的座位会变来变去，不是吗？一下是 A 一下是 B。"

蒂蒂："是的，因为我有时候会将 A 和 B 对调。"

我："别再用这种方法了。改用固定其中 1 人的座位，入座情形会变得比较简单。"

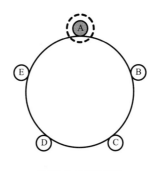

固定 A 再试试看

1.4 有没有类似的东西

蒂蒂："原来如此。"

我："接着，可以试着提问有没有类似的东西。"

蒂蒂："类似的东西？"

我："我们刚才一直在思考，这些人排成环状的样子，也就是在问，这些人排成环状时有几种可能的情形。"

蒂蒂:"几种可能⋯⋯的确如此。"

我:"虽然我们之前没碰到过环状排列的问题,但我们应该做过类似的题目,也就是排成一列的情形。"

蒂蒂:"⋯⋯"

我:"其实仔细想想,固定其中 1 人,并把其他人按照顺时针排下来,和一般排列不是很相似吗?"

蒂蒂:"咦,咦⋯⋯所以就是⋯⋯一般的排列问题吗?"

我:"没错,我们可以把排成环状的人视为排成一列,变成一般的排列问题。还记得一般的排列问题吧?"

蒂蒂:"请等一下,这样不就表示排成环状和排成一列一模一样了吗?"

我:"不,不一样。你想想看,因为我们先把其中 1 人的座位固定下来,所以实际可以改变位置的人数会少一个。"

蒂蒂:"⋯⋯"

我:"排成环状的有 5 人,若我们固定 A 的座位,则剩下的 4 人就可以当作一般排列。"

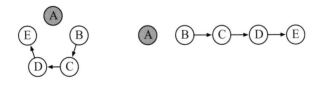

固定 A 的座位,剩下的 4 人排成一列

蒂蒂: "原来如此。"

我: "接着想想看,固定 A 的座位,剩下的人的座位该怎么排,按照顺时针一个一个看。先决定 A 的下一个座位是由剩下 4 人中的哪一人入座,然后决定下一个座位是由剩下 3 人中的哪一人入座,再决定下一个座位是由剩下 2 人中的哪一人入座,最后一个座位便是最后 1 人入座。"

蒂蒂: "真的耶,真的耶,原来要这样计算!"

我: "这样就解出来啰!要计算 5 个人排成环状共有几种可能的排法,只要先固定其中 1 人,再将剩下的 4 人视为一般排列即可。也就是说,我们只需计算排成一列的 4 人有几种可能的排法。因此答案是 4!=4×3×2×1,也就是 24 种可能。"

解答 1(圆桌问题)

一张圆桌,有 5 个座位。5 个人欲坐在这些座位上,可由下列计算过程

$$4!=4×3×2×1=24$$

得到,入座方式共有 24 种。

(先固定其中 1 人,再将剩下的 4 人视为一般排列。)

蒂蒂："哇……学长，24 种排列方式好多哦……"

我："啊，抱歉，改成树形图把这些排列整理一下。"

蒂蒂："？"

我："变成这样的图，用 4 个树形图列出所有可能。"

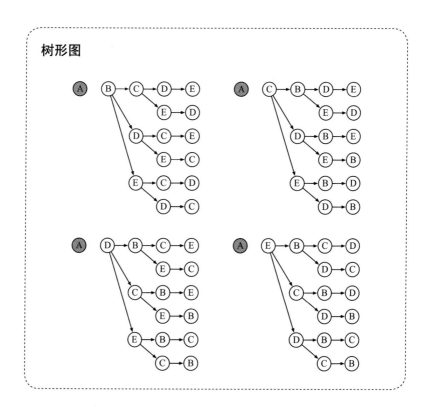

树形图

蒂蒂："变成这样……"

我："想没有遗漏、没有重复，树形图是很好用的工具。"

蒂蒂："原来如此。"

1.5 一般化

我："接下来，蒂蒂，既然都做到这里了，离一般化只差一点儿啰！"

蒂蒂："要怎么做呢?"

我：“等于是在求‘当 n 人排成环状时，有几种可能的排列方式’。”

蒂蒂：“n 人……啊，这个简单。用同样的方式就行了，先固定其中 1 人，再将剩下的 $n-1$ 人排成一列。”

我：“正是如此。”

蒂蒂：“所以总共有 $(n-1) \times (n-2) \times \cdots \times 2 \times 1$ 种排列方式。”

我：“没错，共有 $(n-1)!$ 种排列方式，这就是环状排列的排列数。”

环状排列的排列数

当 n 人排成环状时，共有

$$(n-1)!$$

种排列方式。

蒂蒂：“环状排列……原来还有名字啊！”

我：“是啊，其实我很早就想说，不过你说得正起劲，让我不知道该在什么时候插嘴。”

蒂蒂：“啊……十分抱歉。”

我：“要不要再研究一下这个环状排列呢？”

蒂蒂：“学长，请等一下，在进行下一步研究之前……”

我：“咦？”

蒂蒂："我想把学长刚才解说的环状排列的计算方式，整理成自己
　　　看得懂的笔记。"

我："好啊！"

蒂蒂："一次看到这么多新东西，我觉得需要一点儿时间整理消
　　　化……"

- 欲求 n 人排成环状，有几种可能（环状排列的排列数）。

- 计算时，必须没有遗漏、没有重复。

- 排成环状的人，若沿着环旋转，可能会得到曾出现过的排
  列。这样就会重复计算。

- 为了不让这些人旋转，先固定其中 1 人，设其为"国王"。

- 这样一来，剩下的 $n-1$ 人便可视为排成一列，并依序计
  算可能的排列情形（一般排列的排列数）。

我："整理得非常好。这就是先将环状排列回归至一般排列的情
　　形，再求出答案哦，蒂蒂。"

蒂蒂："回归……"

我："没错。我们原先并不知道环状排列的排列数的计算方式，但
　　固定其中 1 人，就能用我们已知的一般排列的排列数的计算
　　方式来求解。"

蒂蒂："真的耶！"

我："换句话说，我们可以将环状排列这种没碰到过的问题，改为

　　一般排列这种已知解法的问题再求解。这个过程就是将环状

　　排列回归至一般排列。"

蒂蒂："原来如此。"

我："如果想用这种方式解数学题，必须先熟悉自己已知解法的问

　　题才行哦!"

蒂蒂："也就是说，要熟悉自己的武器，对吧?"

我："没错，就是这个意思。要先知道自己有哪些武器可以用，这

　　样的话，就算碰到一时间不知道该怎么解的题目，也大概知

　　道该从何处下手啰!"

蒂蒂："是的。"

我："对了，蒂蒂，这样一来，你又多了一件武器啰!"

蒂蒂："为什么呢?"

我："就是环状排列啦! 刚才我们将环状排列回归至一般排列，并

　　得到解答，因此环状排列变成了你的新武器。以后碰到

　　其他类似题目，可以试着回归至环状排列，或许就能得到答

　　案啰!"

蒂蒂："的确。"

我："要不要试试看下面这个问题呢?"

1.6 念珠问题

问题 2（念珠问题）

将 5 块相异的宝石串成一圈，作成一个念珠串，共有几种串法呢？

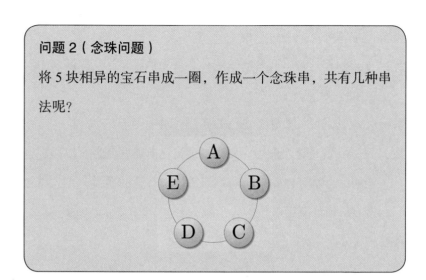

蒂蒂："念珠……这个看起来好像环状排列。这样的话，用环状排
列的公式可以得到 (5-1)! 种可能的排列方式。因为 4!＝4×
3×2×1＝24，所以是 24 种啰？"

我："不，答案不对哦！"

蒂蒂："……怎么会呢？"

我："前面 5 个人入座圆桌座位，与这里 5 块相异的宝石串成的念
珠串，两者具有相当大的差异。"

蒂蒂："……"

我："圆桌没办法翻面，但念珠可以翻面。所以，在圆桌的例子中

被视为相异的入座方式，在念珠的例子中可能被视为相同的串法。"

在圆桌的例子中，这两种入座方式相异

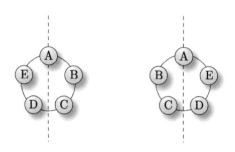

在念珠的例子中，这两种串法相同

蒂蒂："原来如此。所以计算念珠串有几种串法，不可以用和圆桌的入座方式一样的算法啰！会出现重复计算。"

我："应该不难发现，这种算法的答案刚好是念珠串真正串法的 2 倍。因为当我们用环状排列的算法来计算念珠串的串法时，会将翻面后与另一种相同的串法，视为两种不同的串法。所以环状排列的答案，在这里还要再除以 2。"

蒂蒂："好的。也就是说，念珠串的串法有 $(5-1)! \div 2 = 12$ 种可能啰！"

解答 2（念珠问题）

将 5 块相异的宝石串成一圈，作成一个念珠串，共有 12 种串法。

（若将本题视为环状排列，则可以得到 24 种串法，然而任意一种串法翻面，会与另一种串法相同，故最后 24 要再除以 2。）

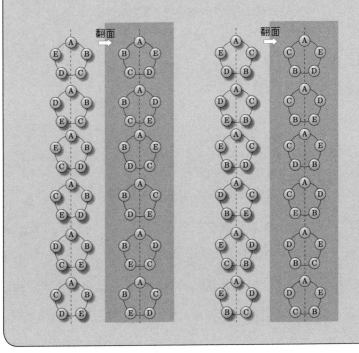

我："没错，答案正确。这是一种将未知问题回归至已知问题的方法，看出来了吗?"

蒂蒂："啊，是的，看得出来。就是先将念珠问题转换成环状排列问题，得到答案后再除以 2，对吧?"

我:"没错，环状排列这件武器马上就派上用场了。"

蒂蒂:"不过，我还不太会用这件武器。"

我:"将念珠问题一般化，就是所谓念珠排列。排列、环状排列、念珠排列，三者有密切关联。"

蒂蒂:"啊，原来这种排列也有名字啊!"

念珠排列的排列数

当 n 个相异圆珠排成念珠串时，共有

$$\frac{(n-1)!}{2}$$

种排列方式（翻面后相同的排列方式视为一种）。

1.7　米尔迦

米尔迦:"这里风很舒服呢!"

蒂蒂:"啊，米尔迦学姐。"

　　米尔迦是我的同班同学。

　　米尔迦、蒂蒂和我是经常一起聊数学的同伴。米尔迦留着一头黑色秀发，戴着一副金属框眼镜。

我："米尔迦，你怎么也来顶楼了？"

米尔迦："只是刚好经过而已。"

我："怎么才会刚好经过顶楼呢？"

米尔迦："怎样？"

我："没，没有啦，没有怎样。我们刚才在谈一般排列、环状排列、念珠排列的算法。"

米尔迦："这样啊……"

　　米尔迦探头看了一下我们刚才写的笔记。

蒂蒂："我们刚才试着将环状排列回归至一般排列来求解，还将念珠排列回归至环状排列来求解。"

米尔迦："当 n 个相异圆珠排成念珠串时，这句话是谁写的？"

当 n 个相异圆珠排成念珠串时，共有

$$\frac{(n-1)!}{2}$$

种排列方式（翻面后相同的排列方式视为一种）。

我："是我啊！"

米尔迦："没写 n 的范围，我还以为是蒂蒂写的。"

我："n 的范围……圆珠的数量只可能是自然数吧。"

米尔迦："你的意思是，如果只有 1 个圆珠要排成念珠串，会有 $\frac{1}{2}$

种排列方式啰?"

米尔迦的表情一如既往，却带着几分戏谑的语气。

我："咦……啊!"

蒂蒂："什么意思啊?"

我："你看这个式子 $\dfrac{(n-1)!}{2}$，当 $n=1$ 时，会得到

$$\frac{(1-1)!}{2} = \frac{0!}{2} = \frac{1}{2}$$

但是'$\dfrac{1}{2}$ 种排列方式'这样的答案一定不对。所以刚才我们在计算念珠排列时，念珠数 n 要再加上 $n \geqslant 2$ 的条件才行哦!"

米尔迦："嗯……除此之外，如果要将 2 个相异圆珠排成念珠串，难道也会有 $\dfrac{1}{2}$ 种可能的排列情形吗?"

我："咦? 真的耶! 奇怪。"

蒂蒂："算出来的确是这样耶……当 $n=2$ 时，会得到

$$\frac{(2-1)!}{2} = \frac{1!}{2} = \frac{1}{2}$$

答案同样是'$\dfrac{1}{2}$ 种排列方式'。"

我："$n \geqslant 2$ 也不行啊，太诡异了，怎么会这样?"

米尔迦："好久没看到你这么紧张了，看来这个问题确实有好好研究一番的价值。"

> **问题 3（念珠排列的条件）**
>
> 将 n 个相异圆珠排成念珠串，可能的排列方式可以写成 $\dfrac{(n-1)!}{2}$ 种。然而当 $n=1$ 或 $n=2$ 时，却无法由此式得出正确答案。这是为什么呢?

上课铃在此时响起，午休结束。

1.8 放学后，在图书室

放学后。

我、蒂蒂、米尔迦 3 个人来到图书室。

我："我中午的时候一时慌了手脚，但冷静下来想了一下，发现其实事情很简单。"

蒂蒂："我也想通了哦!"

米尔迦："嗯……那你来说说看吧，蒂蒂。"

米尔迦像老师一样，指着蒂蒂，要求蒂蒂回答。

蒂蒂："好的，因为在翻面之前就是同一种串法了啊!"

米尔迦："在回答之前要先清楚回答的问题。"

蒂蒂："啊，是的。我想回答的问题是'为什么当 $n=1$ 或 $n=2$ 时，念珠的排列数无法由 $\dfrac{(n-1)!}{2}$ 这个式子求出来'。"

米尔迦："很好。"

蒂蒂:"我试着作图表示,所以画出 $n=1$ 与 $n=2$ 的情形。"

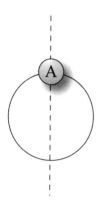

$n = 1$ 的念珠排列

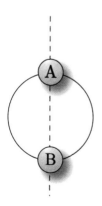

$n = 2$ 的念珠排列

蒂蒂:"在前面的计算中,我们是基于'以环状排列的式子计算

时,其结果是正确答案的 2 倍'这个原因,修改环状排列的

式子，以得到念珠排列的式子。因为在环状排列中，2 种相异的排列方式，会对应到念珠排列中相同的排列方式，所以要将重复的排列方式去掉。"

我："是啊！"

蒂蒂："但是当 $n=1$ 或 $n=2$ 时，环状排列都只有 1 种可能的排列方式，并不存在相异的排列方式。"

我："这样就和推导 $\dfrac{(n-1)!}{2}$ 这个式子所必要的前提相违背了啊！"

米尔迦："没错。"

解答 3（念珠排列的条件）

将 n 个相异圆珠排成念珠串，可能的排列方式可以写成 $\dfrac{(n-1)!}{2}$ 种。然而当 $n=1$ 或 $n=2$ 时，却无法由此式得出正确答案。这是因为当 $n=1$ 或 $n=2$ 时，环状排列都只有 1 种可能的排列方式，不符合 $\dfrac{(n-1)!}{2}$ 这个式子的前提'在环状排列中，2 种相异的排列方式，会对应到念珠排列中相同的排列方式'。

蒂蒂："要厘清条件不太容易呢……"

我："我一开始也有些不知所措啊……"

> **念珠的排列数（详述条件版）**
>
> 当 n 个相异圆珠排成念珠串时，可能的排列情形会根据 n 的大小而有所不同。
>
> - 当 $n=1$ 或 $n=2$ 时，有 1 种排列方式。
> - 当 $n=3$、4、5……时，有 $\dfrac{(n-1)!}{2}$ 种排列方式。

蒂蒂："要把这些条件背下来，好像也不怎么简单呢！"

米尔迦："不用背，重要的是要能理解'相异的 2 种排列方式可视为等价，故要除以 2'，也就是要能看穿结构。"

蒂蒂："结构啊……"

1.9　另一种想法

米尔迦："话说回来，为什么你们两个中午的时候会讨论环状排列和念珠排列呢？"

我："因为蒂蒂提了一个问题，和餐馆圆桌的入座方式有关。"

米尔迦："我在问蒂蒂。"

我："……"（米尔迦是不是心情不太好啊！）

蒂蒂："啊，是的。餐馆圆桌的座位不是会排成环状吗？我在思考要怎么计算不同的入座方式，于是学长就给了我一些提示。"

我："我自己也想算算看答案啦！"

米尔迦："你想到什么解法了呢？"

蒂蒂："我的解法失败了，因为我发现有的排列方式旋转后和另一种排列方式相同，会重复计算。"

我："然后我就想到要固定其中1人。"

米尔迦："你先别讲话。"

我："……"

蒂蒂："嗯，如果要将每种排列方式都转转看有没有重复，太麻烦了，所以就改成固定其中1人，将问题回归至 $n-1$ 人的一般排列。这样就不用再旋转确认有没有重复了。"

米尔迦："就算保持座位转动，仍可得到解答。"

蒂蒂："？"

米尔迦："用中午我们讨论念珠排列用的方法。"

我："啊，这么说来确实如此。"

蒂蒂："？"

米尔迦："我们计算念珠排列的排列数，当时不是把环状排列的排列数除以2吗？"

蒂蒂："是啊，因为念珠排列的任意一种排列方式翻面后和另一种排列方式相同，所以环状排列是念珠排列的2倍。"

米尔迦："蒂蒂，你有没有发现自己刚刚也说过同样的话呢？"

蒂蒂："有吗?"

米尔迦："这是你刚才说的。"

- 计算环状排列的排列数……有的排列方式旋转后和另一种排列方式相同。
- 计算念珠排列的排列数……有的排列方式翻面后和另一种排列方式相同。

蒂蒂："真的耶! 这两句话好像。"

米尔迦："因为在环状排列中，旋转后相同的情形两两一组，所以环状排列的排列数除以 2 才是念珠排列的排列数。"

蒂蒂："是的。"

米尔迦："要不要想想看，如果将圆桌座位视为一般排列，旋转后相同的情形会几个一组呢?"

蒂蒂："啊!"

我："嗯，就是这样。"

蒂蒂："旋转后相同……啊，哈哈哈!"

我："蒂蒂，怎么啦?"

蒂蒂："不好意思。如果有 5 个人，旋转后相同的一般排列会是 5 个一组，对吧? 在将其视为一般排列时，5 个人分别当第一个人就可以了。"

米尔迦："请问笑点在哪里?"

蒂蒂："是我失礼了。因为我想到餐馆内，坐在 Lazy Susan 前面，

5 个人在旋转的画面……"

想到那个画面，我们也跟着笑了起来。

米尔迦："求 n 人环状排列的排列数，有两种方法。当然，结果是

一样的。"

$(n-1)!$	固定其中 1 人，将剩下的 $n-1$ 人视为一般排列
$\dfrac{n!}{n}$	将 n 人一般排列的排列数 $n!$ 除以重复次数 n

$$(n-1)! = (n-1) \times (n-2) \times \cdots \times 1$$
$$= \frac{n \times (n-1) \times (n-2) \times \cdots \times 1}{n}$$
$$= \frac{n!}{n}$$

蒂蒂："原来如此。"

米尔迦："除以 n 是因为旋转后相同的一般排列为 n 个一组，所以

同一种排列算过 n 次。"

我："也就是先用一般的方法计算，再除以重复次数。"

米尔迦："确实如此。"

环状排列的算法 1（将其中 1 人固定）

一张圆桌，有 5 个座位。有 5 人欲坐在这些座位上，则可由下列计算过程

$$4! = 4 \times 3 \times 2 \times 1 = 24$$

得到，入座方式共有 24 种。

（固定其中 1 人，将剩下的 4 人视为一般排列。）

环状排列的算法 2（除以重复次数）

一张圆桌，有 5 个座位。有 5 人欲坐在这些座位上，则可由下列计算过程

$$\frac{5!}{5} = \frac{5 \times 4 \times 3 \times 2 \times 1}{5} = 24$$

得到，入座方式共有 24 种。

（将 5 人视为一般排列，计算排列数，再除以重复次数 5。）

米尔迦："不用特别说明应该也能看得出来，两种方法都正确。"

蒂蒂："啊，这也是一件武器，是吗？"

米尔迦："武器？"

蒂蒂："是的。不管是固定其中 1 人使之回归至一般排列，还是视

为一般排列计算，再除以重复次数，都是计算排列组合的武器。"

米尔迦："是这个意思啊！"

蒂蒂："了解之后就觉得这些东西理所当然了，真神奇。"

我："除以重复次数这件武器，在将念珠排列回归至环状排列，以及将环状排列回归至一般排列的过程中，都会用到。"

蒂蒂："是这样没错……"

米尔迦："在计算有几种情形时，注意不要算到重复的情形。若出现两种重复情形，则这两种情形彼此等价。"

蒂蒂："等价……"

我："的确，不管是旋转后相同，还是翻面后相同，当我们将两种排列情形视为重复时，就是将这两种排列情形视为等价。"

米尔迦："重复就是等价，而由等价可联想到除法。"

我："就是除以重复次数，对吧？"

米尔迦："没错，就像 vector（向量）一样。"

瑞谷老师："放学时间到了。"

　　瑞谷老师的宣告，使我们的数学对话告一段落。在这些了解之后就觉得理所当然的背后，还隐藏着许多有趣的数学。

"若是没有排成一列，是否算不出来呢？"

第 1 章的问题

> 解题是一种实践性的技能，
>
> 就像游泳、滑雪或弹钢琴一样，
>
> 只能通过模仿和实践来学习。
>
> ——波利亚（George Pólya）

●问题 1−1（环状排列）

一张圆桌，有 6 个座位。6 个人欲坐在这些座位上，共有几种入座方式呢？

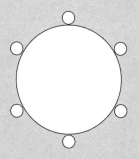

（解答在第 242 页）

●问题 1-2（豪华座）

一张圆桌，有 6 个座位，其中 1 个座位是豪华座。6 个人欲坐在这些座位上，共有几种入座方式呢？

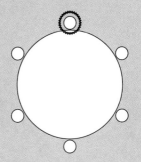

（解答在第 244 页）

●问题 1-3（念珠排列）

将 6 块相异的宝石串成一圈，作成一个念珠串，共有几种串法呢？

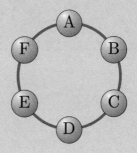

（解答在第 245 页）

第 2 章

好玩的组合

"若不想象具体事例，则容易受假象所蒙蔽。"

2.1　完成作业之后

今天是星期六，这里是我家的餐厅。

餐桌上有表妹由梨的笔记，由梨正埋头做她的数学作业。

由梨："啊……结束了。终于把作业做完了。"

我："由梨，为什么还要特意跑来我家做作业呢？"

由梨："又没什么关系。"

由梨轻轻摇了一下她的栗色马尾说道。

她家离这里不远，她经常会跑来我家玩。

我："是数学作业吗？"

由梨："是组合的计算，像这个。"

问题 1（组合数）

从 5 名学生中选出 2 名，会有几种组合呢？

我:"原来如此,这对你来说很简单吧。"

由梨:"很简单啊,就是这样解吧?"

解答 1(组合数)

$$C_5^2 = \frac{5 \times 4}{2 \times 1} = 10$$

故从 5 名学生中选出 2 名,共有 10 种组合。

我:"没错。"

由梨:"这太简单啦!"

我:"既然只有 10 种,把这些组合全部列出来也不难吧。设 5 名
    学生分别为 A、B、C、D、E。"

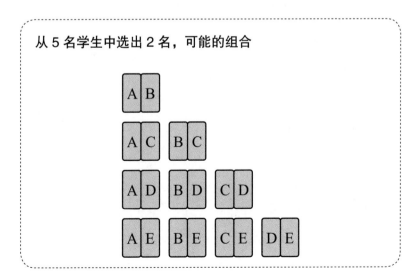

从 5 名学生中选出 2 名,可能的组合

由梨："你看，是 10 种吧。"

我："是啊！你的回答正确无误，不过你知道为什么可以由下面这
　　个式子，算出从 5 人中选出 2 人可能的组合吗?"

$$\frac{5 \times 4}{2 \times 1}$$

由梨："因为从 5 人中选出 2 人，不用考虑选择顺序，所以要除
　　以 2。"

我："嗯嗯，没错，你很清楚嘛!"

由梨："嘿嘿。"

我："也就是这个意思。"

- 从 5 人中选出第 1 人，有 5 种可能。

- 在这 5 种可能下，从剩下的 4 人中选出第 2 人，则有 4 种
  可能。

由梨："嗯。"

我："这样算的话会有 5×4=20 种可能的选择方式。这种算法将选
　　出第 1 人和选出第 2 人分成两个动作，也就是设想为排列。"

由梨："排列。"

我："但现在我们不去区分是按照 A、B 的顺序选择还是按照 B、
　　A 的顺序选择，这就是设想为组合。"

由梨："组合。"

我: "排列有 20 种可能。但在计算组合时，A、B 和 B、A 合起来只算 1 种。这 20 种排列会出现重复的组合，且排列数是组合数的 2 倍，所以……"

由梨: "所以要除以 2 得到 10 才对。刚才不就说了吗?"

我: "是啊，就和你说的一样。先计算依序选出 2 人可能的情形，再用除法计算不依序选择的可能情形。换句话说，就是除以重复次数。若用图表形式来表示排列和组合，关系便能一目了然。"

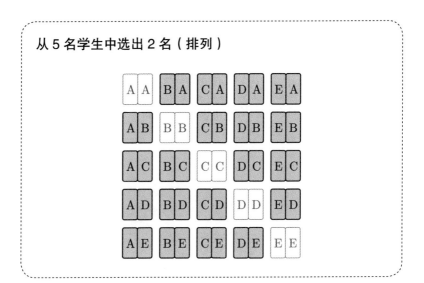

从 5 名学生中选出 2 名（排列）

从 5 名学生中选出 2 名（组合）

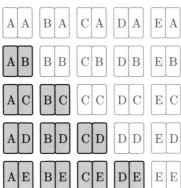

由梨："就是除以 2 吧。"

我："是啊！选择 2 人的时候，只要将排列数除以 2 即可。如果是从 5 人中选出 3 人又会如何呢？"

问题 2（组合数）

从 5 名学生中选出 3 名，会有几种组合呢？

由梨："计算方法一样啊！"

解答 2（组合数）

$$C_5^3 = \frac{5 \times 4 \times 3}{3 \times 2 \times 1} = 10$$

故从 5 名学生中选出 3 名，共有 10 种组合。

我："是啊！$\dfrac{5 \times 4 \times 3}{3 \times 2 \times 1}$ 的分子 5×4×3 是从 5 人中选出 3 人的排列

数，分母 3×2×1 则是选出的 3 人中所有可能的排列顺序，

分母也可说是从 3 人中选出 3 人的排列数。"

$$从 5 人中选出 3 人的组合数$$
$$= \frac{从 5 人中选出 3 人的排列数}{从 3 人中选出 3 人的排列数}$$
$$= \frac{5 \times 4 \times 3}{3 \times 2 \times 1}$$

由梨："好复杂的说明。"

我："会吗？"

由梨："会啊，说一大堆依序之类的东西。"

我："是这样没错啦，不过这些都是排列组合的重点哦！

- 考虑顺序，将选出来的对象排成一列为排列。
- 不考虑顺序，只看选出哪些对象为组合。"

由梨："既然都写完作业了，哥哥，来玩游戏吧。"

我："由梨啊，你能不能把刚才的从 5 人中选出 3 人的组合数一般

化呢?"

由梨:"一般化?"

2.2 一般化

我:"没错,就是利用变量将其一般化。把'从 5 人中选出 3 人'推广为'从 n 人中选出 r 人'的组合数,也就是在问你知不知道怎么求这个。"

$$\binom{n}{r}$$

由梨:"咦,哥哥,为什么你要用 $\binom{n}{r}$ 来表示组合数,而不是用 C_n^r 呢?"

我:"嗯,C_n^r 和 $\binom{n}{r}$ 是一样的意思。老师教的时候常用 C_n^r 表示,不过一般的数学书比较常用 $\binom{n}{r}$。"

由梨:"是这样啊,难怪我从来没见过。"

我:"而且,和 C_n^r 比起来,写成 $\binom{n}{r}$ 更能清楚地表示 n 和 r。举例来说,和 C_{n+r-1}^{n-1} 比起来,$\binom{n+r-1}{n-1}$ 看起来更清楚,不是吗?"

由梨:"数学式魔人想的就是和一般人不一样呢!"

我:"这种程度还算不上是魔人啦……话说回来 $\binom{n}{r}$ 是什么呢?"

由梨:"什么是什么?"

我："你知道怎么用 n 和 r 来表示 $\binom{n}{r}$ 吗？"

问题 3（组合数的一般化）

从 n 人中选出 r 人的组合数，$\binom{n}{r}$ 是多少呢？请用 n 和 r 来表示 $\binom{n}{r}$，其中，n 和 r 皆为大于或等于 0 的整数（0、1、2······），且 $n \geq r$。

由梨："嗯，知道啊，就是这样吧？"

解答 3（组合数的一般化）

从 n 人中选出 r 人的组合数 $\binom{n}{r}$，可以用 n 和 r 表示如下

$$\binom{n}{r} = \frac{n!}{r!(n-r)!}$$

其中，n 和 r 皆为大于或等于 0 的整数（0、1、2······），且 $n \geq r$。

我："没错，式子中的 $n!$ 表示阶乘。"

阶乘 $n!$

$$n! = n \times (n-1) \times (n-2) \times \cdots \times 2 \times 1$$

其中，n 为大于或等于 0 的整数（0、1、2、3……）。并定义 $0! = 1$。

由梨："这我知道啊!"

我："就像你的答案一样，从 n 人中选出 r 人的组合数，可由下式得到答案

$$\binom{n}{r} = \frac{n!}{r!(n-r)!}$$

不过，如果把这个式子和你刚才算从 5 人中选出 3 人的组合数放在一起看，有个地方怪怪的。"

从 5 人中选出 3 人的组合数

$$\binom{5}{3} = \frac{5 \times 4 \times 3}{3 \times 2 \times 1}$$

从 n 人中选出 r 人的组合数

$$\binom{n}{r} = \frac{n!}{r!(n-r)!}$$

由梨："哪里怪怪的？"

我："看得出来这两个式子明显有差别。要是把 $n=5$、$r=3$ 直接代入 $\dfrac{n!}{r!(n-r)!}$ 会得到以下结果。"

$$\binom{n}{r} = \frac{n!}{r!(n-r)!}$$

$$\binom{5}{3} = \frac{5!}{3!(5-3)!}$$

由梨："啊……你这样说也对啦！"

我："要证明下面这个等式，等号两边相等才行哦！"

$$\frac{5!}{3!(5-3)!} \overset{?}{=} \frac{5\times4\times3}{3\times2\times1}$$

由梨："那还不简单，计算不就知道了吗？

$$\frac{5!}{3!(5-3)!} = \frac{5!}{3!2!}$$

$$= \frac{5\times4\times3\times2\times1}{3\times2\times1\times2\times1}$$

$$= \frac{5\times4\times3}{3\times2\times1} \qquad \text{分子与分母同时除以 } 2\times1 \text{（约分）}$$

因此，$\dfrac{5!}{3!(5-3)!}$ 与 $\dfrac{5\times4\times3}{3\times2\times1}$ 相等。"

我："是没错，这样也对。不过，你能不能把刚才计算过程的约

分，用符号来表示呢？虽然看起来变得比较复杂，但用符号

具体写出来其实不会比使用数还困难。"

$$\frac{n!}{r!(n-r)!}$$

$$= \frac{n\times(n-1)\times\cdots\times(n-r+1)\times \overbrace{(n-r)\times(n-r-1)\times\cdots\times2\times1}^{\text{等于}(n-r)!}}{r!(n-r)!}$$

$$= \frac{n\times(n-1)\times\cdots\times(n-r+1)\times(n-r)!}{r!(n-r)!}$$

$$= \frac{n\times(n-1)\times\cdots\times(n-r+1)}{r!} \qquad \text{分母与分子同时除以}(n-r)!\text{（约分）}$$

$$= \frac{n\times(n-1)\times\cdots\times(n-r+1)}{r\times(r-1)\times\cdots\times2\times1} \qquad \text{将分母}r!\text{展开}$$

由梨："好麻烦……是说原来 $(n-r)!$ 可以约掉啊！"

我："是啊！分子的 $n!$ 里面有'尾巴'一样的 $(n-r)\times(n-r-1)\times\cdots\times1$

会被约掉。所以分子会变成 $n\times(n-1)\times\cdots\times(n-r+1)$ 这种没有

'尾巴'的阶乘哦！"

由梨："哥哥，你真的很爱玩数学式耶，这个式子又有什么意

义呢？"

我："这表示，从 n 人中选出 r 人的组合数的计算方法有两种。当

然，这两种算法都正确。"

从 n 人中选出 r 人的组合数

从 n 人中选出 r 人的组合数 $\dbinom{n}{r}$ 的计算方法有两种。

$$\binom{n}{r} = \frac{n!}{r!(n-r)!}$$

$$\binom{n}{r} = \frac{n \times (n-1) \times \cdots \times (n-r+1)}{r \times (r-1) \times \cdots \times 1}$$

其中，n 和 r 皆为大于或等于 0 的整数（0、1、2……），且 $n \geqslant r$。

2.3 对称性

我："话说回来，我们刚才是用 $(n-r)!$ 来约分，但其实用 $r!$ 来约分也可以。"

$$\frac{n!}{r!(n-r)!}$$

$$= \frac{n \times (n-1) \times \cdots \times (r+1) \times \overbrace{r \times (r-1) \times \cdots \times 2 \times 1}^{\text{等于}r!}}{r!(n-r)!}$$

$$= \frac{n \times (n-1) \times \cdots \times (r+1) \times r!}{r!(n-r)!}$$

$$= \frac{n \times (n-1) \times \cdots \times (r+1)}{(n-r)!} \quad \text{分母与分子同时除以 } r!（约分）$$

$$= \frac{n \times (n-1) \times \cdots \times (r+1)}{(n-r) \times (n-r-1) \times \cdots \times 1} \quad \text{将分母 }(n-r)! \text{ 展开}$$

由梨："又是一堆看起来很麻烦的式子……啊，原来刚才是用 $(n-r)!$ 来约分，这次则是用 $r!$ 来约分吗？"

我："没错，真亏你看得出来耶，由梨！"

由梨："懂一点儿数学的人都看得出来啦！"

我："你也看得出来下面这个等式会成立吧？"

$$\frac{n \times (n-1) \times \cdots \times (n-r+1)}{r \times (r-1) \times \cdots \times 1} = \frac{n \times (n-1) \times \cdots \times (r+1)}{(n-r) \times (n-r-1) \times \cdots \times 1}$$

由梨："哇，好复杂！"

我："刚才是谁说'懂一点儿数学的人都看得出来'啊？"

由梨："可恶，别学我啦！我想想，左边是用 $(n-r)!$ 约分的结果，而右边是用 $r!$ 约分的结果吗？"

我："正是如此，意义相同的数学式，可以写成两种不同的计算方法。"

由梨："嗯。"

我："这样就可以推导出对称公式。"

对称公式

$$\binom{n}{r} = \binom{n}{n-r}$$

由梨："这样啊……咦？这两个式子当然会相等啊，因为

$$C_n^r = C_n^{n-r}$$

不是吗？从 n 人中选出 r 人和从 n 人中选择，并留下 $n-r$ 人意思一样嘛！"

我："没错。将你心中的想法写下来，就是这个等式哦！"

由梨："哦。"

我："用 n 和 r 来表示的话可能不太好理解。假设被选到的有 s 人，没被选到的有 r 人，且 $n=s+r$，这样就看得出对称性了吧。"

由梨："对称性啊……"

对称公式

从 $s+t$ 人中选出 s 人的组合数，与从 $t+s$ 人中选出 t 人的组合数相同。

$$\binom{s+t}{s} = \binom{t+s}{t}$$

我："写成 $\dfrac{(s+t)!}{s!t!} = \dfrac{(t+s)!}{t!s!}$ 这样就更清楚了吧，左右刚好对称不是吗?"

由梨："真的耶!"

我："话说回来，虽然你一直说很麻烦，但还是把推导过程一一读完了，很厉害哦!"

由梨："呵呵，这是有诀窍的哦，哥哥。"

我："诀窍?"

2.4 观察首项与末项

由梨："读数学式的诀窍就是要观察首项与末项。"

我："什么意思?"

由梨："哥哥，你刚才不是写了像这样的数学式吗?

$$n \times (n-1) \times \cdots \times (n-r+1)$$

拿这个当例子，就是要观察它的首项与末项。"

$$\underset{\text{首项}}{\underline{n}} \times (n-1) \times \cdots \times \underset{\text{末项}}{\underline{(n-r+1)}}$$

我："原来如此。"

由梨："然后，自己想一个例子代入，例如 $n=5$、$r=3$。这样首项的 n 就是 5，而末项的 $(n-r+1)$ 就是 $5-3+1=3$ 啰! 这样我就可以看出，'啊，原来这个式子就是 $5 \times 4 \times 3$ 啊'！"

我："由梨，你真的很厉害耶！"

由梨："哇，吓我一跳，真的有那么厉害吗？"

我："很厉害。"

由梨："哥哥想摸摸头的话，可以给你摸哦！"

我顺着由梨的意思，摸了摸她的头。

2.5 计算个数

我："除了你说的观察首项与末项，逐一计算也是读数学式的诀窍哦！"

由梨："计算什么呢？"

我："当我们看到 $n \times (n-1) \times (n-2) \times \cdots \times (n-r+2) \times (n-r+1)$ 时……"

$$\underbrace{n}_{\text{第1项}} \times \underbrace{(n-1)}_{\text{第2项}} \times \underbrace{(n-2)}_{\text{第3项}} \times \cdots \times \underbrace{(n-r+2)}_{\text{第}r-1\text{项}} \times \underbrace{(n-r+1)}_{\text{第}r\text{项}}$$

由梨："……"

我："把各项分为第 1 项、第 2 项、第 3 项……逐一计算，可看出这一串式子是由 r 项相乘得到的。"

由梨："这样很难耶！一开始的第 1 项、第 2 项、第 3 项还好，但你怎么知道最后的是第 $r-1$ 项和第 r 项啊？中间还夹了'…'，看不出来有几项啊！"

我："说得也是，这个时候就要用到一个诀窍了。$n \times (n-1) \times (n-2) \times \cdots$ 是一串每一项是前一项减 1 的连乘积。"

由梨："嗯。"

我："而我们计算每一项是用 1、2、3⋯⋯，每一项是前一项加 1。"

由梨："当然啰!"

我："所以我们知道两者之和永远相等，这个例子，两者的同项相加永远都是 $n+1$。"

$$
\begin{array}{ll}
n & n \text{ 为第 1 项，} n+1=n+1 \\
\times (n-1) & (n-1) \text{ 为第 2 项，} (n-1)+2=n+1 \\
\times (n-2) & (n-2) \text{ 为第 3 项，} (n-2)+3=n+1 \\
\times \cdots &
\end{array}
$$

由梨："两者的同项相加永远都是 $n+1$ 啊⋯⋯"

我："所以一看就知道 $(n-r+2)$ 是第几项啰!"

由梨："原来如此。只要想 $(n-r+2)$ 要加上多少会等于 $n+1$ 就行了。答案是 $r-1$。"

我："没错。同样的，因为 $(n-r+1)+r=n+1$，所以 $(n-r+1)$ 是第 r 项。"

$$
\begin{array}{ll}
n & n \text{ 为第 1 项，} n+1=n+1 \\
\times (n-1) & (n-1) \text{ 为第 2 项，} (n-1)+2=n+1 \\
\times (n-2) & (n-2) \text{ 为第 3 项，} (n-2)+3=n+1
\end{array}
$$

$\times \cdots$ $\cdots$

$\times (n-r+2)$ $(n-r+2)$ 为第 $r-1$ 项，$(n-r+2)+(r-1)=n+1$

$\times (n-r+1)$ $(n-r+1)$ 为第 r 项，$(n-r+1)+r=n+1$

我："经过简单的计算，便能一个一个数出有几项。将我们一个一个数所得到的结果，与组合数的公式摆在一起看……"

$$\binom{n}{r} = \frac{\overbrace{n \times (n-1) \times (n-2) \times \cdots \times (n-r+2) \times (n-r+1)}^{r\text{项连乘积}}}{\underbrace{r \times (r-1) \times (r-2) \times \cdots \times 2 \times 1}_{r\text{项连乘积}}}$$

由梨："不管是分母还是分子，都是 r 个数的连乘积吗？"

我："是啊，也可以写成这样。"

$$\binom{n}{r} = \underbrace{\frac{n}{r} \cdot \frac{n-1}{r-1} \cdot \frac{n-2}{r-2} \cdots \frac{n-r+2}{2} \cdot \frac{n-r+1}{1}}_{r\text{项连乘积}}$$

我："写成这样，便能清楚看出分母与分子都是由 r 个数相乘而得。"

由梨："……"

我："到这里应该能发现这个式子就是 $\frac{5}{3} \times \frac{4}{2} \times \frac{3}{1}$，或 $\frac{5 \times 4 \times 3}{3 \times 2 \times 1}$ 这样的一般化形式。只要推导数学式，就能用 n 与 r 表示一般化的式子。和 5、3 这种实际数比起来，用 n 和 r 推导比较让人印象深刻，不是吗？"

由梨："这个嘛，虽然我完全听不懂你最后讲的那一大串是什么意思，不过很好玩。"

我:"对吧? 推导数学公式真的很有趣哦!"

由梨:"本来只是想算出有几种可能,不知为何却变成了在算数学

式的项数啊,真不愧是数学式魔人。"

我:"才不是魔人啦!"

2.6 杨辉三角形

由梨:"哥哥,推导数学公式的过程很有趣耶,让我也有点儿想试

试看!"

我:"没问题。你知道杨辉三角形吗?"

由梨:"知道呀,就是把上面两个数相加得到下面的数,不是吗?

哥哥,你以前经常提起啊!"

杨辉三角形

```
                    1
                  1   1
                1   2   1
              1   3   3   1
            1   4   6   4   1
          1   5  10  10   5   1
        1   6  15  20  15   6   1
      1   7  21  35  35  21   7   1
    1   8  28  56  70  56  28   8   1
```

我："你知道这些三角形中的数，每个都是某种情形下的组合数吗？"

由梨："呃……为什么啊？"

我："整理成表格，会比较清楚。"

n＼r	0	1	2	3	4	5	6	7	8
0	1								
1	1	1							
2	1	2	1						
3	1	3	3	1					
4	1	4	6	4	1				
5	1	5	10	10	5	1			
6	1	6	15	20	15	6	1		
7	1	7	21	35	35	21	7	1	
8	1	8	28	56	70	56	28	8	1

将杨辉三角形整理成表格

由梨："我不觉得这样比较清楚耶！"

我："这个表格中第 n 行第 r 列的数刚好等于从 n 个物品中选出 r 个的组合数哦！"

由梨："这样啊！"

我："举例来说，如果要求从 5 个物品中选出 2 个的组合数，过程

是 $\binom{5}{2} = \dfrac{5 \times 4}{2 \times 1} = 10$。而这个答案与表格中第 5 行第 2 列的数 10 相等。"

r n	0	1	2	3	4	5	6	7	8
0	1								
1	1	1							
2	1	2	1						
3	1	3	3	1					
4	1	4	6	4	1				
5	1	5	10	10	5	1			
6	1	6	15	20	15	6	1		
7	1	7	21	35	35	21	7	1	
8	1	8	28	56	70	56	28	8	1

第 5 行第 2 列的数与 $\binom{5}{2}$ 相等

由梨："真的耶！啊，这个表格是从第 0 行第 0 列开始算的啊！"

我："是啊，从 0 开始算会比较方便。"

由梨："是哦！"

我："刚才提到的对称公式，也可以从杨辉三角形中看出来哦，你知道怎么看吗？"

对称公式

$$\binom{n}{r} = \binom{n}{n-r}$$

由梨："不知道。"

我："马上回答表示没有思考，你这样曾让米尔迦生气，记得吗？"

由梨："哦，别搬米尔迦大神出来说教啦……我想想，每一行的数都会左右对称，是吗？"

我："没错，表格中的数如 1、1，1、2、1，1、3、3、1，……，每一行的数都会左右对称。拿第 8 行来看，

$$1 \quad 8 \quad 28 \quad 56 \quad 70 \quad 56 \quad 28 \quad 8 \quad 1$$

确实和对称公式这个名字相符。"

由梨："嗯嗯。"

我："对称公式可以由组合数的定义得证，也可以由杨辉三角形观察得到。除此之外，也可以像你刚才说的，因为从 n 人中选出 r 人和从 n 人中选择，并留下 $n-r$ 人的意思一样，所以对称公式成立。我们可以从多个角度来看组合数的意义。"

由梨："哦。"

我："话说回来，你不觉得很神奇吗？"

由梨："哪里神奇?"

我："在制作杨辉三角形时，先在第 0 行写下 1，第 1 行写下 1、1，接下来只要将上一行的两个数相加，就可以得到下一行的数了。两端的数永远是 1。"

由梨："是啊!"

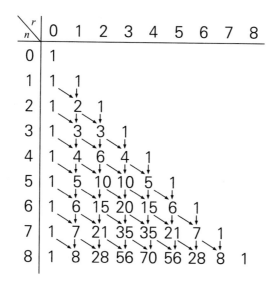

杨辉三角形的规则

我："你知道为什么这种做法得到的数都是组合数吗? 不过，只是一直把两个数加起来而已。"

$$a \quad b$$
$$a+b$$

由梨："为什么啊……为什么呢？"

我："杨辉三角形可以用来产生组合数吗？问题在此。"

问题 4（杨辉三角形与组合数）

杨辉三角形可以用来产生组合数吗？

由梨："……我不知道。啊，这次我思考过啦！不是我懒得回答的意思，我的意思是不知道该怎么回答。"

我："嗯，说得也是。这个问题不好回答，让人不知道该怎么回答才称得上是答案呢，对吧？"

由梨："没错。该怎么回答才称得上是答案呢？"

我："其实有好几种回答的方式，举例来说，用数学公式就可以写出答案了。"

由梨："用数学公式来回答吗？"

我："杨辉三角形的规则是两端为 1，由上一行的 2 个数相加得到下一行的数。与之相对，组合数 $\binom{n}{r}$ 的定义为 $\dfrac{n!}{r!(n-r)!}$。"

由梨："嗯，了解，然后呢？"

我："所以，只要能证明杨辉三角形的生成方式，即可推出组合数的公式。"

由梨："……"

我："咦，不好懂吗？"

由梨："让我想一下。"

由梨的表情突然变得严肃，似乎正在全速运转她的脑袋，栗色头发散发出金色光芒。我则在一旁静静等待由梨"回过神来"。

我："……"

由梨："……我说哥哥啊！"

我："怎么啦？"

由梨："……这很有意思耶！"

我："什么东西很有意思？"

由梨："你看啊，虽然我知道杨辉三角形是什么，但当我听到它可以生成组合数时，只会觉得'是哦，那又怎样'。从来没想过要证明看看。"

我："嗯。"

由梨："一般来说，的确会这样想，没错吧？制作杨辉三角形的方法，本来就不太容易联想到可以用来生成组合数。当数比较小时，像第 5 行第 2 列，确实是组合数之一的 $\binom{5}{2}$ 没错。但我们没办法保证接下来的每一个数都会是组合数啊！"

我："没错。就是这个意思，你真的很厉害耶！我们就是希望能保证'若照着杨辉三角形的规则往下写，则写出来的数都是组合数'，才想用数学证明看看。"

由梨："证明得出来吗？"

我："证明得出来。只是需要一点儿计算，一起来试试看吧。"

由梨："好啊！"

我："嗯，我们要证明的是'对于所有大于或等于 0 的整数 n 与 r，杨辉三角形第 n 行第 r 列的数皆等于 $\binom{n}{r}$，其中 $n \geqslant r$'。"

由梨："嗯嗯，的确。要是能证明这是对的，就能保证杨辉三角形中每一个数都是组合数。"

我："先将表示杨辉三角形中，第 n 行第 r 列的数写成 $T(n, r)$。"

$T(n, r)$ 表示杨辉三角形中，第 n 行第 r 列的数。

由梨："？"

我："这样一来，就能将我们想证明的东西写成数学式了。只要证明 $T(n,\ r) = \binom{n}{r}$ 就行了。"

$$T(n,\ r) \overset{?}{=} \frac{n!}{r!(n-r)!}$$

由梨："原来如此。"

我："先用一个例子来试试看吧，$T(0, 0)$ 的值是多少呢？"

由梨："第 0 行第 0 列的数吗？就是 1 啊，看表格就知道了。"

r／n	0	1	2	3	4	5	6	7	8
0	1								
1	1	1							
2	1	2	1						
3	1	3	3	1					
4	1	4	6	4	1				
5	1	5	10	10	5	1			
6	1	6	15	20	15	6	1		
7	1	7	21	35	35	21	7	1	
8	1	8	28	56	70	56	28	8	1

$$T(0,\,0) = 1$$

我："没错。而且 $\dfrac{n!}{r!(n-r)!} = \dfrac{0!}{0!(0-0)!} = 1$，因为算出来也是 1，所

以 $T(0,\,0) = \dbinom{0}{0}$ 成立。换句话说，当 $n=0$、$r=0$ 时，等式

$T(n,\,r) = \dbinom{n}{r}$ 成立。"

由梨："说明太冗长啦！"

我："接着，来看看特殊情形的 n 与 r 会怎么样吧。"

由梨："特殊?"

我："先看看每一行的两端，也就是 $r=0$ 与 $r=n$ 的情形。"

由梨："嗯……啊，就是两端的 1 吗?"

我："没错，杨辉三角形的数在 $r=0$ 和 $r=n$ 时，一定会是 1。也

就是说，$T(n, 0) = 1$ 且 $T(n, n) = 1$。"

r n	0	1	2	3	4	5	6	7	8
0	①								
1	①	①							
2	①	2	①						
3	①	3	3	①					
4	①	4	6	4	①				
5	①	5	10	10	5	①			
6	①	6	15	20	15	6	①		
7	①	7	21	35	35	21	7	①	
8	①	8	28	56	70	56	28	8	①

$$T(n, 0) = 1, \ T(n, n) = 1$$

我："由组合数的定义算出来会是多少呢？"

由梨："当 $r = 0$ 时，$\dfrac{n!}{r!(n-r)!} = \dfrac{n!}{0!(n-0)!} = \dfrac{n!}{n!} = 1$，是 1 没错。"

我："很好，所以等式 $T(n, 0) = \dbinom{n}{0}$ 恒成立。$r = n$ 又如何呢？"

由梨："当 $r = n$ 时，$\dfrac{n!}{r!(n-r)!} = \dfrac{n!}{n!(n-n)!} = \dfrac{n!}{n!} = 1$，也是 1 耶！"

我："非常好！这样我们得到了等式 $T(n, n) = \dbinom{n}{n}$ 也恒成立。"

- 等式 $T(n, 0) = \dbinom{n}{0}$ 成立。

- 等式 $T(n, n) = \dbinom{n}{n}$ 成立。

由梨："可是，这样也只能证明杨辉三角形的两端会符合等式而已啊，中间的该怎么办呢?"

我："只要照着杨辉三角形产生数的规则写出式子就行啰!"

由梨："你是指把上一行相邻的 2 个数相加这条规则吗?"

我："让我们好好用数学公式来表示吧。若将第 n 行的数中，第 r 列和第 $r+1$ 列的数相加，也就是将 $T(n, r)$ 与 $T(n, r+1)$ 相加，会得到……"

由梨："会得到下面那一行，也就是第 $n+1$ 行的数吗?"

我："是的，会得到第 $n+1$ 行第 $r+1$ 列的数，也就是 $T(n+1, r+1)$。"

由梨："原来如此。"

我："杨辉三角形产生数的规则，可以写成以下等式

$$T(n, r) + T(n, r+1) = T(n+1, r+1)$$

因此，只要确认组合数 $\binom{n}{r}$ 是否也能写成同样的式子就行了。"

这个等式会成立吗?

$$\binom{n}{r} + \binom{n}{r+1} \overset{?}{=} \binom{n+1}{r+1}$$

其中，n 与 r 为大于或等于 0 的整数，且 $n \geqslant r+1$。

由梨："哦……哥哥，你要怎么确认呢？"

我："只要有组合数的定义，计算等式左边会等于什么就行啰！因为是分数的加法，所以先通分再相加就能算出答案。"

$$\binom{n}{r} + \binom{n}{r+1}$$

$$= \frac{n!}{r!(n-r)!} + \frac{n!}{(r+1)!(n-(r+1))!} \qquad \text{组合数的定义}$$

$$= \frac{r+1}{r+1} \cdot \frac{n!}{r!(n-r)!} + \frac{n-r}{n-r} \cdot \frac{n!}{(r+1)!(n-(r+1))!} \qquad \text{通分前的准备}$$

$$= \frac{(r+1) \times n!}{(r+1) \times r!(n-r)!} + \frac{(n-r) \times n!}{(n-r) \times (r+1)!(n-r-1)!} \qquad \text{通分}$$

$$= \frac{(r+1) \times n!}{(r+1)!(n-r)!} + \frac{(n-r) \times n!}{(r+1)!(n-r)!} \qquad \text{计算分母}$$

$$= \frac{(r+1) \times n! + (n-r) \times n!}{(r+1)!\,(n-r)!} \qquad \text{同分母分数相加}$$

$$= \frac{((r+1) + (n-r)) \times n!}{(r+1)!\,(n-r)!} \qquad \text{提公因式 } n!$$

$$= \frac{(n+1) \times n!}{(r+1)!(n-r)!} \qquad \text{因为 } (r+1) + (n-r) = n+1$$

$$= \frac{(n+1)!}{(r+1)!(n-r)!} \qquad \text{因为 } (n+1) \times n! = (n+1)!$$

$$= \binom{n+1}{r+1} \qquad \text{组合数的定义}$$

由梨："哇，这也太复杂了吧！和一般的通分差太多了。"

我："重点是要注意到 $(r+1) \times r! = (r+1)!$ 及 $(n-r) \times (n-r-1)! = (n-r)!$，

还有最后的 $(n+1) \times n! = (n+1)!$。只要想想阶乘的定义就能明

白了。"

由梨："虽然有点儿麻烦，但还是能算得出来耶！"

我："所以最后可得到这样的结果。"

以下等式成立

$$\binom{n}{r} + \binom{n}{r+1} = \binom{n+1}{r+1}$$

其中，n 与 r 为大于或等于 0 的整数，且 $n \geqslant r+1$。

由梨："这样是不是就能证明杨辉三角形中，由上一行相邻两数相

加所得的数是组合数呢？"

我："是啊，这样就证明完了。"

由梨："哦耶！"

解答 4（杨辉三角形与组合数）

在表格形式的杨辉三角形中，第 n 行第 r 列的数与从 n 人中

选出 r 人的组合数相等。

2.7 找出公式

我："观察整理成表格的杨辉三角形，可以找出许多公式哦!"

由梨："咦，什么公式啊?"

我："举例来说，让我们来看看表格中第 3 列的数。"

n \ r	0	1	2	3	4	5	6	7	8
0	1								
1	1	1							
2	1	2	1						
3	1	3	3	1					
4	1	4	6	4	1				
5	1	5	10	10	5	1			
6	1	6	15	20	15	6	1		
7	1	7	21	35	35	21	7	1	
8	1	8	28	56	70	56	28	8	1

由梨："第 3 列就是 1、4、10、20、35、56……这列吗?"

我："没错，试着按照顺序把它们加起来吧，先加加看前 3 个数。"

由梨："前 3 个数加起来是 15，怎么了?"

$$1+4+10=15$$

我："再看一下刚才加总范围的右下角的数，会发现……"

由梨："哦，也是 15 耶!"

$\frac{r}{n}$	0	1	2	3	4	5	6	7	8
0	1								
1	1	1							
2	1	2	1						
3	1	3	3	1					
4	1	4	6	4	1				
5	1	5	10	10	5	1			
6	1	6	15	20	15	6	1		
7	1	7	21	35	35	21	7	1	
8	1	8	28	56	70	56	28	8	1

$$1 + 4 + 10 = 15$$

我："在杨辉三角形中，将同一列的数，由上往下加总，结果正好等于右下角的数哦!"

由梨："咦，真的吗?"

我："真的啊! 再举一个例子，第 1 列是 1、2、3、4、5、6、7、8……，对吧? 试着把前 7 个数加起来看看。"

由梨："把前 7 个数加起来的话，1+2+3+4+5+6+7=28，而右下角……没错，也是 28。"

$$1 + 2 + 3 + 4 + 5 + 6 + 7 = 28$$

我："在杨辉三角形中，任意一列都符合这条规则。由上往下加总所得之和，等于右下角的数。"

由梨："哦。"

由梨在杨辉三角形上来来回回算了几遍。

我："很好玩吧?"

由梨："很好玩啊!"

我："接着就来证明这件事吧。"

由梨："证明什么?"

我："就是要证明'由上往下加总所得之和，等于右下角的数'。"

由梨："啊，这样啊，原来这个也可以证明。"

我："首先要写出能代表'由上往下加总所得之和，等于右下角的数'的数学式。"

由梨："又是数学式?"

我："要是不写出数学式，表示逻辑会模糊，不容易思考。想想看，第 r 列所包含的数中，最上面的数是什么?"

由梨："嗯，是 $\binom{r}{r}$ 吧?"

我："没错，它下面的数又是什么呢?"

由梨："是 $\binom{r+1}{r}$ ……哦，所以由上往下加总指的就是

$$\binom{r}{r}+\binom{r+1}{r}+\cdots$$

这就是我们要的数学式吗?"

我："正是如此。按照这个式子加下去。假设我们要加到第 n 行的话，会变成

$$\binom{r}{r}+\binom{r+1}{r}+\cdots+\binom{n}{r}$$

所以，只要证明以下等式成立即可。"

$$\binom{n+1}{r+1}=\binom{r}{r}+\binom{r+1}{r}+\cdots+\binom{n}{r}$$

由梨："原来如此。"

我："证明没你想得那么难，想想看杨辉三角形是怎么产生的就可

以了。先分解 $\binom{n+1}{r+1}$ 看看吧。"

$$\binom{n+1}{r+1} = \binom{n}{r} + \binom{n}{r+1}$$

由梨："然后呢?"

我："再来分解 $\binom{n}{r+1}$，就这样一直分解下去。"

$$\binom{n+1}{r+1}$$

$$= \binom{n}{r} + \binom{n}{r+1} \qquad \text{分解成两数相加}$$

$$= \binom{n}{r} + \binom{n-1}{r} + \binom{n-1}{r+1} \qquad \text{分解成两数相加}$$

$$= \binom{n}{r} + \binom{n-1}{r} + \binom{n-2}{r} + \binom{n-2}{r+1} \qquad \text{分解成两数相加}$$

$$= \cdots$$

$$= \binom{n}{r} + \binom{n-1}{r} + \binom{n-2}{r} + \cdots + \binom{r+1}{r} + \binom{r+1}{r+1} \qquad \text{分解成两数相加}$$

我："最后的 $\binom{r+1}{r+1}$ 和 $\binom{r}{r}$ 相等，都等于 1，这样就证完了。"

$$\binom{n+1}{r+1} = \binom{n}{r} + \binom{n-1}{r} + \binom{n-2}{r} + \cdots + \binom{r+1}{r} + \binom{r}{r}$$

由梨："然后再把它倒过来写吗?"

$$\binom{n+1}{r+1} = \binom{r}{r} + \binom{r+1}{r} + \cdots + \binom{n-2}{r} + \binom{n-1}{r} + \binom{n}{r}$$

我："是啊！这样就得证了，任意一列的数，由上往下相加的总和，等于右下角的数。"

由梨："也太简单了吧。"

我："稍微观察一下制成表格的杨辉三角形，马上就能明白啰！以 15 为例，我们可以像这样一边分解，一边往上寻找对应的数。15 是 10+5，而 5 可分解为 4+1……像这样一直往上，最后到达 1。"

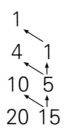

由梨："啊，这和刚才的证明是一样的吧，因为都是一直分解下去啊！"

2.8　有几个算式

我："像这样以杨辉三角形为例，然后发现它与组合数的关系，是不是很有趣?"

由梨："还蛮有趣的啊，不过，我觉得哥哥看起来比我更乐在
　　　其中。"

我："你觉得这个问题怎么样呢?"

问题 5（使等式成立的数组）

假设 x、y、z 为大于或等于 1 的整数（1、2、3……），则使
以下等式成立的数组 (x, y, z) 共有几组呢?

$$x + y + z = 7$$

由梨："为什么讨论主题突然变了啊?"

我："咦? 不不不，完全没变哦!"

由梨："不是变成 x、y、z 了吗?"

我："不，先看看题目啦! 因为要算的是满足等式 $x+y+z=7$ 的 $(x,$
　　$y, z)$ 有几组，所以还是在算有几种可能啊!"

由梨："我最不会算这种题目了，没什么耐心去算耶!"

我："一起来算算看吧。$1+1+5=7$，所以 $(x, y, z)=(1, 1, 5)$，这样
　　就 1 组了吧。再来 $1+2+4=7$，所以 $(x, y, z)=(1, 2, 4)$，这样
　　就得到第 2 组了。"

由梨："还有 $(1, 3, 3)$、$(1, 4, 2)$、$(1, 5, 1)$，这样就有 5 组了吧。"

　　我们把满足等式 $x+y+z=7$ 的 (x, y, z) 一一写出来。

列出满足等式 $x + y + z = 7$ 的 (x, y, z)

x	y	z	
1	1	5	$1 + 1 + 5 = 7$
1	2	4	$1 + 2 + 4 = 7$
1	3	3	$1 + 3 + 3 = 7$
1	4	2	$1 + 4 + 2 = 7$
1	5	1	$1 + 5 + 1 = 7$
2	1	4	$2 + 1 + 4 = 7$
2	2	3	$2 + 2 + 3 = 7$
2	3	2	$2 + 3 + 2 = 7$
2	4	1	$2 + 4 + 1 = 7$
3	1	3	$3 + 1 + 3 = 7$
3	2	2	$3 + 2 + 2 = 7$
3	3	1	$3 + 3 + 1 = 7$
4	1	2	$4 + 1 + 2 = 7$
4	2	1	$4 + 2 + 1 = 7$
5	1	1	$5 + 1 + 1 = 7$

我:"完成。"

由梨:"啊,好多好烦啊!"

我:"没那么夸张吧。总之,我们知道共有 15 组。"

解答 5(使等式成立的数组)

假设 x、y、z 为大于或等于 1 的整数(1、2、3……),则使

以下等式成立的数组 (x, y, z) 共有 15 组。

$$x + y + z = 7$$

由梨："然后呢？接下来要做什么？"

我："刚才我们将所有可能列出来时，就像是将 7 这个数分配给 x、y、z 这 3 个变量，并计算有几种分配方式。"

由梨："是这样没错啦！"

我："让我们试着在分配的时候加入隔板吧。以 1+1+5 为例，可以表示成下图的样子。"

x	y	z	
1	1	5	● | ● | ●●●●●
1	2	4	● | ●● | ●●●●
1	3	3	● | ●●● | ●●●
1	4	2	● | ●●●● | ●●
1	5	1	● | ●●●●● | ●
2	1	4	●● | ● | ●●●●
2	2	3	●● | ●● | ●●●
2	3	2	●● | ●●● | ●●
2	4	1	●● | ●●●● | ●
3	1	3	●●● | ● | ●●●
3	2	2	●●● | ●● | ●●
3	3	1	●●● | ●●● | ●
4	1	2	●●●● | ● | ●●
4	2	1	●●●● | ●● | ●
5	1	1	●●●●● | ● | ●

由梨："哦⋯⋯所以？"

我："在 7 个排在一起的 ● 之间，插入两块隔板（\|）。试问：可插入隔板的地方有几处呢？"

由梨：“因为有 7 个 ●，所以有 6 个间隔可插入隔板。

$$●\ 1\ ●\ 2\ ●\ 3\ ●\ 4\ ●\ 5\ ●\ 6\ ●$$

而隔板有 2 块……啊！”

我：“发现了吗？”

由梨：“从 6 个间隔，选出 2 个插入隔板。这和从 6 个东西中选出 2 个的组合数是一样的意思嘛！”

我：“正是如此，这个组合数是多少，(x, y, z) 就有几组。”

由梨：“嗯。$\dbinom{6}{2} = \dfrac{6 \times 5}{2 \times 1} = 15$，确实是 15 组。”

我：“所以说，这也是组合的问题。”

由梨：“这样很有意思耶！但正常来说根本不会想到要插入隔板嘛！”

我：“只要知道 $1 + 1 + 5$ 这个算式会对应到 $●\ |\ ●\ |\ ●●●●$，自然就想得到这种算法啰！把它一般化之后可以写成这个样子。”

假设 n、r 为整数，且 $n \geqslant r \geqslant 1$，则满足下列方程式

$$x_1 + x_2 + x_3 + \cdots + x_r = n$$

且各项皆大于或等于 1 的整数组 $(x_1, x_2, x_3, \cdots, x_r)$，共有

$$\dbinom{n-1}{r-1}$$

组。

我："刚才我们看到的就是 $n=7$、$r=3$ 的情形。"

由梨："哈!"

我："怎么啦?"

由梨："哥哥，你又把计算有几种可能情形的过程写成数学式了。
真的是数学式魔人耶!"

我："才不是魔人啦!"

"若不想象一般化状况，则看不见梦幻情景。"

第 2 章的问题

●问题 2-1（阶乘）

请计算以下数值。

① $3!$；

② $8!$；

③ $\dfrac{100!}{98!}$；

④ $\dfrac{(n+2)!}{n!}$，n 为大于或等于 0 的整数。

（解答在第 246 页）

●问题 2-2（组合）

若想从 8 名学生中选出 5 名学生作为篮球队的选手，共有几

种选择方式呢？

（解答在第 247 页）

●问题 2-3（分组）

如下图所示，6 个字母围成一个圆圈。

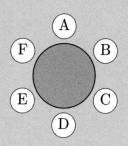

若想将这些字母分成 3 组，并限定相邻字母才能在同一组，

共有几种分组方式呢? 下面是几种分组的例子。

（解答在第 249 页）

●问题 2-4（以组合诠释）

下列等式的左边表示"从 $n+1$ 人中选出 $r+1$ 人的组合数"。

假设这 $n+1$ 人中有 1 人是"国王"，试以此解释以下等式

成立。

$$\binom{n+1}{r+1} = \binom{n}{r} + \binom{n}{r+1}$$

其中，n、r 皆为大于或等于 0 的整数，且 $n \geqslant r+1$。

（解答在第 250 页）

附录：阶乘、排列、组合

阶乘 $n!$

所有大于或等于 0 的整数 n，

$$n \times (n-1) \times \cdots \times 1$$

称为 n 的阶乘。定义 0! 等于 1。

排列 A_n^r

所谓排列，指的是从互不相同的 n 个物品中取出 r（$r \leqslant n$）个，按照顺序排成一列。排列数可由下式求得

$$\frac{n!}{(n-r)!} = n \times (n-1) \times \cdots \times (n-r+1)$$

当 $r=n$ 时，排列数与 $n!$ 相等。通常以 A_n^r 表示排列数。

组合 C_n^r

所谓组合，指的是从互不相同的 n 个物品中，不考虑顺序地取出 r 个。组合数可由下式求得

$$\frac{n!}{r!(n-r)!}$$

组合数也可写成 $\binom{n}{r}$。通常以 C_n^r 表示组合数。

第 3 章

维恩图的变化

"你我有何共同点？"

3.1　我的房间

由梨："哥哥，有没有什么好玩的数学游戏啊？"

今天，由梨又跑来我的房间找我玩了。

我："突然这么说，要去哪里找游戏出来呢……"

由梨："以前我们不是一起玩过魔术时钟 ① 吗？那个很好玩耶！"

我："魔术时钟不是你带过来的吗？"

由梨："没错，可是那也是因为哥哥详细解说给我听，所以我才会
　　　觉得好玩啊！"

我："那就好啦！"

由梨："先别管那个啦，游戏！"

我："虽然不算游戏，不过你啊！"

由梨："怎么了？"

---

① 参考《数学女孩的秘密笔记：整数篇》。

我："你说一遍'念珠排列'看看。"

由梨："为什么啊？"

我："先别问那么多，念珠排列，快点。"

由梨："念珠排列。"

我："连续说 5 遍看看。"

由梨："念珠排列、念珠排列、猎猪排……排念、猎猪排列、猪排列念……啊，好难念啊！哥哥我讨厌你。"

我："抱歉。"

由梨："不是这个啦，我说的是游戏。"

我："这样啊，不过，如果把数一个个排在一起，会发现一些有趣的事哦！"

由梨："是吗？"

我："举例来说，画一个像这样的时钟。"

由梨："没有指针看起来不太像时钟耶！"

我："先把数写上去，然后……"

由梨："期待。"

我："别在一旁看啦，你也帮忙想想看……"

由梨："可是我不知道该想些什么啊！"

我："什么都可以。嗯……那，这样你看如何，把这些数加上框。"

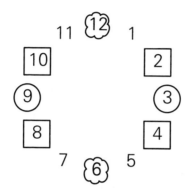

由梨："哈哈，就是把位置对称的数加上同样的框吗？"

我："不是耶，我不是按照这条规则加框的！"

由梨："咦？那是按照什么规则？"

我："只是给同一个数的倍数加上相同的框而已哦！"

由梨："哦，原来如此。□是 2 的倍数、○是 3 的倍数、⬡是 6 的……咦，这样不对耶！ 6 也是 2 的倍数，却不是加□。"

我："你看得很仔细嘛！严格来说，也不是同一个数的倍数都加上相同的框，而是按照以下规则进行的。"

- □为 2 的倍数，但不是 3 的倍数。

- ○为 3 的倍数，但不是 2 的倍数。

- ◯为 6 的倍数。

- 其他皆不加框。

由梨："天啊……太复杂了吧！"

我："并不会。虽然听起来有些复杂，但是重点只在于区分出 2 的倍数和 3 的倍数而已。换一种说法的话，应该会更清楚一些吧。"

- □表示其是 2 的倍数且不是 3 的倍数。

- ○表示其不是 2 的倍数且是 3 的倍数。

- ◯表示其是 2 的倍数且是 3 的倍数。

- 不加框表示其不是 2 的倍数且不是 3 的倍数。

由梨："反而更复杂了啊！"

我："没有吧。"

由梨："'且'是什么意思啊？"

我："'A 且 B'表示'满足 A，也满足 B'的意思哦！"

由梨："这样啊……"

我："举例来说，一个数是 2 的倍数且是 3 的倍数，就表示这个数是 2 的倍数，也是 3 的倍数。也就是说，这个数是 6 的倍数。"

由梨："哦。"

我："我们可以将 1 到 12 的整数分成这 4 类，不会遗漏，也不会
　　重复。"

由梨："嗯嗯……不过，我还是觉得太复杂了啊！"

我："我们改用维恩图来表示这 12 个数吧。"

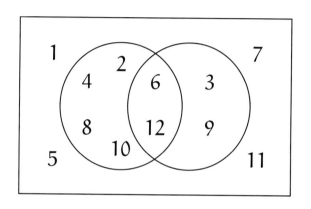

维恩图

由梨："我以前见过这个。"

我："要将许多东西分门别类，可以使用维恩图来表示，这样每个
　　东西之间的关系就变得比较清楚啰！这也是用来表示集合间
　　包含关系的图。"

由梨："包含关系？"

我："是的，某个集合可能包含了另一个集合的一部分，包含关系
　　就是探讨两个集合间包含程度的大小。"

由梨："左边圆圈内的数是 2 的倍数吧？"

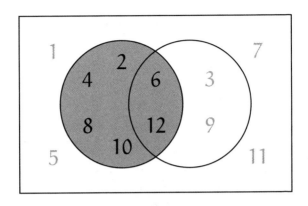

2 的倍数的数的集合

我："是啊，1 到 12 的整数中，2 的倍数的数都在左边的圆圈内。

有 2、4、6、8、10、12 共 6 个。"

由梨："然后，右边圆圈内的数就是 3 的倍数吧？"

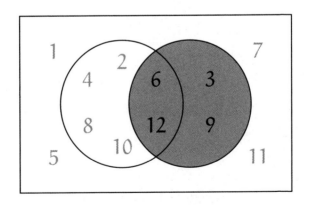

3 的倍数的数的集合

我："没错，1 到 12 的整数中，3 的倍数有 3、6、9、12 共 4 个。"

由梨："中间重叠部分的数就是 6 的倍数。"

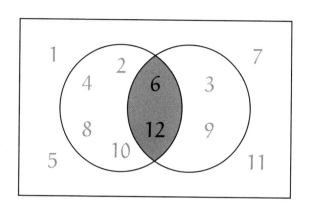

6 的倍数的数的集合

我："正是如此，重叠的部分又叫作两个集合的交集。"

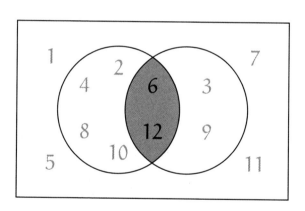

2 的倍数的数的集合和 3 的倍数的数的集合的交集

由梨："看起来好像核桃。"

我："没错，不过形状并不是维恩图的重点。"

由梨："嗯。"

我："这个核桃……应该说 2 的倍数的数的集合和 3 的倍数的数的

集合的交集，就是 1 到 12 的整数中，是 2 的倍数且是 3 的倍数的数的集合。"

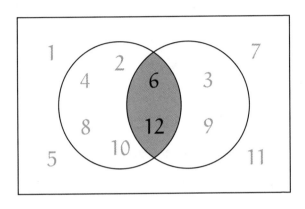

是 2 的倍数且是 3 的倍数的数的集合

由梨："当然啰，这很明显吧！"

我："那你看看，这些是什么数？"

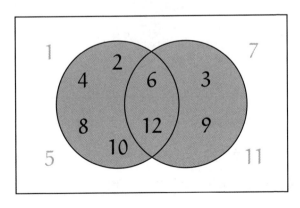

这些是什么数？

由梨："我想想，就是把 2 的倍数的数的集合和 3 的倍数的数的集合合在一起吗？"

我："是啊，这称作两个集合的并集。"

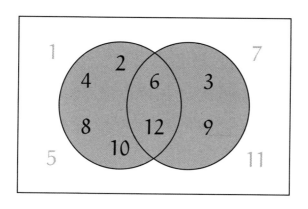

2 的倍数的数的集合与 3 的倍数的数的集合的并集

由梨："简单简单啦！"

我："这个并集表示 1 到 12 的整数中，是 2 的倍数或是 3 的倍数的数的集合。'A 或 B'指的就是'至少属于 A 或 B 其中一个'的意思。因为有个至少，所以只要属于 A 或 B 其中之一就可以了。"

由梨："简单来说就是属于哪一边的集合都行吧？"

我："没错。"

由梨："嗯嗯。"

交集

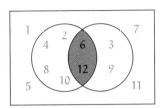

- 2 的倍数的数的集合与 3 的倍数的数的集合的交集。

- 是 2 的倍数且是 3 的倍数的数的集合。

并集

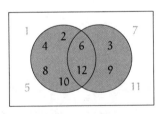

- 2 的倍数的数的集合与 3 的倍数的数的集合的并集。

- 是 2 的倍数或是 3 的倍数的数的集合。

我："在这里出个问题吧。这又是什么数的集合呢?"

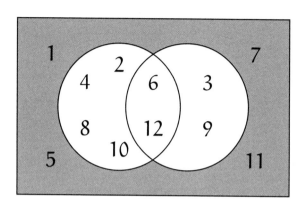

这是什么数的集合?

由梨:"既不是 2 的倍数,也不是 3 的倍数的数。"

我:"没错。换句话说,就是不是 2 的倍数且不是 3 的倍数的数的集合。"

由梨:"哦,原来如此。"

我:"把这两张图摆在一起看,会很有趣哦!"

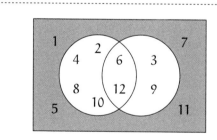

图 A 不是 2 的倍数且不是 3 的倍数的数的集合

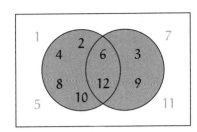

图 B　是 2 的倍数或是 3 的倍数的数的集合

由梨："啊，刚好反白！"

我："是啊，图 A 中有颜色的地方，在图 B 中都是空白；图 A 中空白的地方，在图 B 中都有颜色。两图刚好相反。"

由梨："对呀！"

我："这种关系叫作补集。图 A 的补集是图 B，图 B 的补集就是图 A。"

由梨："补集？"

我："当我们说某集合的补集时，指的就是从全集去除该集合的所有元素后所得到的集合。这个例子中的全集是 1 到 12 的整数。"

由梨："这样啊……"

我："啊，我想到一个很有趣的问题喽！"

由梨："什么？"

我："我们可以作出各种维恩图，像是 2 的倍数的数、是 3 的倍数的数、交集、并集、补集……"

由梨："是啊!"

我："到目前为止，我们作出几种图样了呢?"

由梨："我看看……5 种吗?"

我："你觉得总共可以作出几种图样呢?"

问题 1（维恩图）

到目前为止，我们作出了 5 种维恩图的图样。请问：总共可以作出几种维恩图的图样呢?

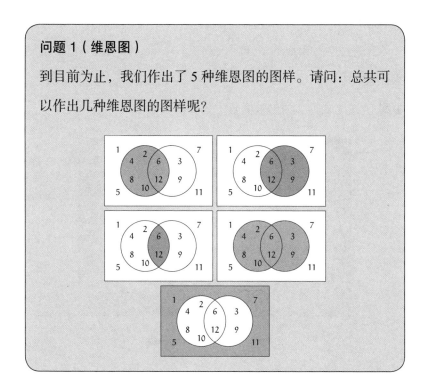

由梨："8 种左右吧。"

我："喂，为什么会这样想呢?"

由梨："感觉啦，应该会是偶数的样子。"

我："这也太随便了吧……"

由梨："好啊，我认真想想看，这样行了吧?"

我："这样才听话……"

由梨："首先，我发现了一件事。"

我："什么事呢?"

由梨："刚才，哥哥不是提到补集了吗? 所以我想到，每种图样都有一种刚好反白的图样。"

我："聪明!"

由梨："先试试看 2 的倍数的数的集合的补集。"

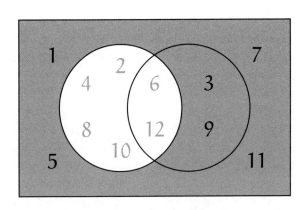

2 的倍数的数的集合的补集

我："嗯，这就是奇数的集合啰!"

由梨："再来试试看 3 的倍数的数的集合的补集。"

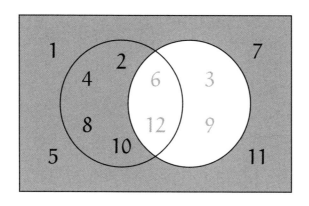

3 的倍数的数的集合的补集

我:"不错哦! 这些就是无法被 3 整除的数。"

由梨:"接下来则是 6 的倍数的数的集合的补集。刚好是核桃形
状的反白。"

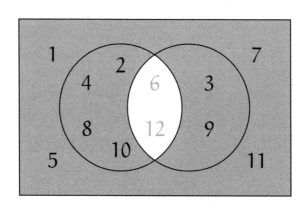

6 的倍数的数的集合的补集

我:"这样是 8 种。"

由梨:"你看,我不是说过了吗? 就是 8 种啊!"

我："喂，到这里就没有了吗？"

由梨："还有吗？"

我："你愿意投降我就告诉你答案……"

由梨："等一下，等一下啦！我再想想看嘛！"

由梨认真地盯着图，思考有没有其他可能的图样。她栗色的头发散发出金色光芒。我则在一旁静静等待她的回答。

我："……"

由梨："我知道了，还有月亮形状的图样。"

我："终于发现了吗？它包含了哪些数呢？"

由梨："我想想看，它包含是 2 的倍数但不是 6 的倍数的数。"

我："也可以说它是 2 的倍数且不是 3 的倍数的数的集合哦！"

由梨："对耶！"

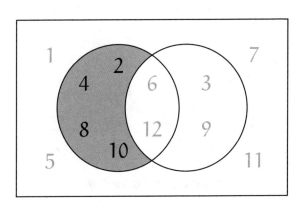

是 2 的倍数且不是 3 的倍数的数的集合

我："这样就没了吗？"

由梨:"当然不止啦! 还有这个集合的补集。"

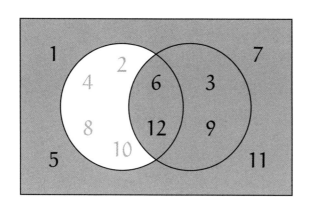

是 2 的倍数且不是 3 的倍数的数的集合的补集

我:"它们就是不是 2 的倍数或是 3 的倍数的数哦!"

由梨:"咦,是这样吗? 不是 2 的倍数……或……是 3 的倍数……啊,原来如此。因为不包括 2 的倍数,所以要剔除 6 的倍数。但 3 的倍数要保留下来,是这样吧?"

我:"没错,正确无误。"

由梨:"这样就 10 种啰,还有吗?"

我:"这是要投降的意思吗?"

由梨:"呃……啊,还有啦! 你看,将 3 的倍数的数做跟刚才一样的处理就行啦,这次是右边的月亮。所以还要再加 2 种,合计 12 种。"

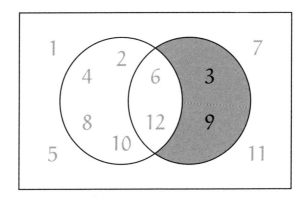

不是 2 的倍数且是 3 的倍数的数的集合

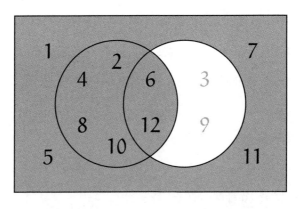

不是 2 的倍数且是 3 的倍数的数的集合的补集

我："亏你找得到耶!"

由梨："呵呵,不止这些哦!"

我："难道还有吗?"

由梨："应该······还有吧?"

我："是这样吗？"

由梨："……我知道了。两个月亮形状一起用就是新的图样了。"

我："终于找到啦……换我出问题，这个是由哪些数组成的集合呢？"

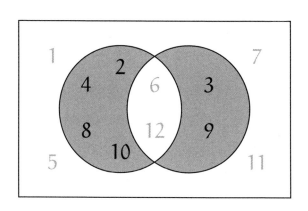

哪些数的集合？

由梨："我想想，这个集合包括是 2 的倍数但不是 3 的倍数的数，以及是 3 的倍数但不是 2 的倍数的数，是吗？好啰唆啊！"

我："不过你答对啰！也就是'是 2 的倍数且不是 3 的倍数'或'不是 2 的倍数且是 3 的倍数'的数。"

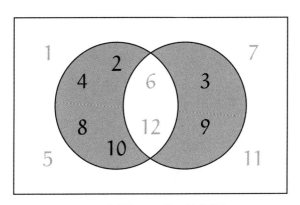

'是 2 的倍数且不是 3 的倍数'
或
'不是 2 的倍数且是 3 的倍数'的数的集合

由梨：“目前为止共有 13 种，再加上刚刚得到的这个集合的补集，这样就有 14 种了。”

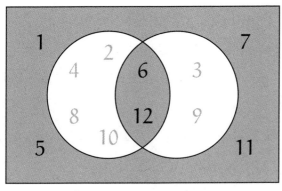

'是 2 的倍数且不是 3 的倍数'
或
'不是 2 的倍数且是 3 的倍数'的数的集合的补集

我：“这个集合用下面的说明表示应该会比较清楚。'是 2 的倍数且是 3 的倍数'或'不是 2 的倍数且不是 3 的倍数'的数。"

由梨："这样啊……"

我："这样就没了吗?"

由梨："咦,还有吗? 我已经找出 14 种了耶!"

我："那就是要投降的意思啰?"

由梨："等一下啦! 你看我全都找出来啦,根本不用投降吧。结束

啦! 全部就是 14 种图样。"

我："可惜,还剩 2 种图样没找出来哦!"

由梨："咦,你骗人! 已经没有了,不然你画给我看看。"

我："还有全集没找到。这是第 15 种。"

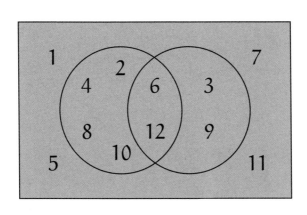

全集

由梨："哇,还有这种!"

我："再加上全集的补集,就是第 16 种了。这个集合又叫作空

集哦!"

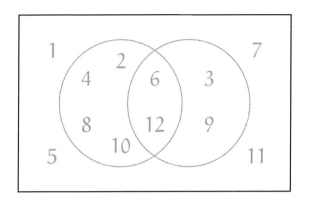

空集

由梨："什么都没有也可以算一个集合啊？！"

我："这样就全找到了。总共有 16 种图样。"

解答 1（维恩图）

总共有 16 种维恩图的图样。

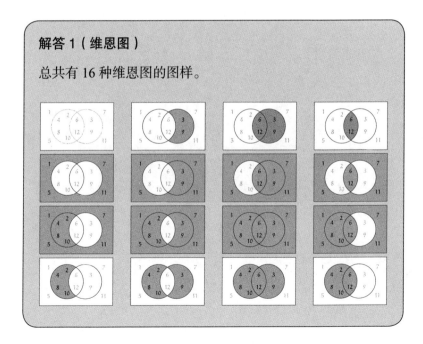

由梨："好不甘心啊！"

我："会吗？我觉得你已经很厉害了啊！"

由梨："这种高高在上的态度让人更不甘心啦……等一下，会不会
　　　实际上图样的种类超过 16 种啊？"

我："不会，这些就是全部了。"

由梨："为什么你这么确定呢？说不定只是你还没发现而已啊！"

我："我就是这么确定啊，由梨！把维恩图拆成一个个图块就知道
　　　了，像做剪纸画一样把它们剪开吧。"

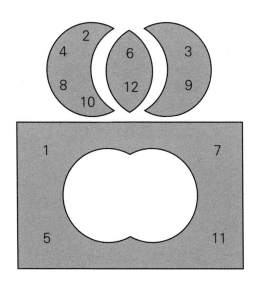

把维恩图拆成一个个图块

由梨："这样会有什么帮助吗？"

我："现在我们得到了 4 个图块。"

　　　　　　　　⬤ 左边的月亮

　　　　　　　　◑ 右边的月亮

　　　　　　　　◐ 核桃

　　　　　　　　⬤ 外框

由梨："嗯。"

我："维恩图可呈现的图样中，不管是多复杂的图样，都是由这 4 个图块组成的。当我们使用或不使用任意一个图块时，会得到不同的图样。"

由梨："什么意思啊？"

我："从这 4 个图块中选出你喜欢的图块，被选出来的图块的并集就是一种图样啰！举例来说，

并集就是下列图样。"

　　　　　　　　　　　◐

由梨："……"

我："使用不同的图块组合，就会得到不同的图样。"

- 我们可选择使用或不使用左边的月亮图块⬤。在这 2 种选择结果之下……

- 各自皆可再选择使用或不使用右边的月亮图块◑。在这

4 种选择结果之下……

- 各自皆可再选择使用或不使用核桃状的图块 。在这 8

  种选择结果之下……

- 各自皆可再选择使用或不使用外框图块 。故共有 16

  种选择结果。

由梨："原来如此。就是 $2 \times 2 \times 2 \times 2$ 嘛！"

我："正是如此，由梨。因为有 4 个图块，所以要将 4 个 2 相乘，

　　计算结果就是 16。"

由梨："所以会有 16 种图样，除此之外没有其他可能。"

我："没错。"

由梨："这样啊……虽然不甘心，但我接受。"

我："这 16 种图样可以表示成下面这张表哦！"

0	不使用	不使用	不使用	不使用	
1	不使用	不使用	不使用	使用	
2	不使用	不使用	使用	不使用	
3	不使用	不使用	使用	使用	
4	不使用	使用	不使用	不使用	
5	不使用	使用	不使用	使用	
6	不使用	使用	使用	不使用	
7	不使用	使用	使用	使用	
8	使用	不使用	不使用	不使用	
9	使用	不使用	不使用	使用	
10	使用	不使用	使用	不使用	
11	使用	不使用	使用	使用	
12	使用	使用	不使用	不使用	
13	使用	使用	不使用	使用	
14	使用	使用	使用	不使用	
15	使用	使用	使用	使用	

由梨："咦？为什么不是从 1 到 16，而是从 0 到 15 呢？"

我："你是说表中的数吗？如果把使用当作 1，不使用当作 0，就可以用二进制数表示选择了哪些图块，而这些二进制数转换成十进制数就是 0 到 15。"

十进制	二进制	◐	◐	◐	◐	
0	0000	不使用	不使用	不使用	不使用	◯◯
1	0001	不使用	不使用	不使用	使用	◐◐
2	0010	不使用	不使用	使用	不使用	◐◐
3	0011	不使用	不使用	使用	使用	◐◐
4	0100	不使用	使用	不使用	不使用	◐◯
5	0101	不使用	使用	不使用	使用	◐◐
6	0110	不使用	使用	使用	不使用	◐◐
7	0111	不使用	使用	使用	使用	◐◐
8	1000	使用	不使用	不使用	不使用	◐◯
9	1001	使用	不使用	不使用	使用	◐◐
10	1010	使用	不使用	使用	不使用	◐◐
11	1011	使用	不使用	使用	使用	◐◐
12	1100	使用	使用	不使用	不使用	◐◯
13	1101	使用	使用	不使用	使用	◐●
14	1110	使用	使用	使用	不使用	●◐
15	1111	使用	使用	使用	使用	●●

由梨："咦……二进制 ① 数居然会出现在这种地方。"

我："数学各个领域都是连在一起的哦！"

由梨："你这是从米尔迦那现学现卖的吧。"

我："才不是什么现学现卖啦！"

3.2 集合

由梨："没想到会突然出现二进制耶，太有趣了！"

---

① 关于二进制，可参考《数学女孩的秘密笔记：整数篇》。

我："是啊，集合可是许多数学领域的基础。"

由梨："哪些领域啊？"

我："像几何学就是啰！数学中的几何学研究直线、圆之类的图形，对吧？"

由梨："三角形也是吗？"

我："没错。我们可以将图形视为许多聚集在一起的点，换句话说，图形是点的集合。"

由梨："哦，原来如此，然后呢？"

我："所以，我们可以用研究集合的方式，来研究图形的性质。"

由梨："听起来很不直观耶！"

我："是吗？以球面为例，先想象一颗球的表面，或者是肥皂泡泡的表面之类的。"

由梨："球面？嗯，明白了。"

我："假设我们把它切成许多平面，用刀切下去。"

由梨："啪！"

我："哇，干吗突然这么大声啦！"

由梨："因为拿刀把球切下去球会爆掉啊！"

我："啊……是没错啦！不过球只是个比喻啊，或许以西瓜为例比较好吧。总之，把球面切成平面，切出来的断面就是圆。明白吗？"

由梨："明白啊！"

我："而这个圆就是组成球面的点的集合与组成平面的点的集合这

两个集合的交集哦！"

由梨："啊，交集。"

我："是啊！是组成球面的点且是组成平面的点……符合这个条件的点组成了这个集合。"

由梨："也不用说得那么复杂吧……咦？"

我："怎么啦？"

由梨："这样的话有点奇怪哦！"

我："？"

由梨："哥哥刚才说，组成球面的点的集合与组成平面的点的集合的交集是圆，不过也有可能不是圆吧？该怎么说呢，如果是……刚好碰到的话。"

我："没错。你说的是球面与平面相切的情形，你真的很聪明。球面与平面相切的时候，交集是只由一个点组成的集合啰！这个点就叫作切点。"

由梨："我说得没错吧，所以交集有可能是圆，也有可能是一个点啰？"

我："是啊！不过，一个点也可以视为半径为 0 的圆……"

由梨："哥哥，你怎么了，脸很红哦！"

我："不，没事啦！我是说，一个点也可以视为半径为 0 的圆。"

由梨："另外，还可能会挥棒落空。"

我："挥棒落空是指？"

由梨："就像是在切西瓜的时候，刀挥空的情形。"

我："是指这个啊，这时球面和平面的交集就是空集啰！"

由梨："啊，是啊，原来还有这种说法。"

我："许多数学领域中的概念，都能像这样用集合的方式表现。"

3.3　求数量

由梨："对了，哥哥，刚才我们不是在数维恩图有几种图样吗？"

我："是啊！"

由梨："小学的时候用过维恩图来计算。"

我："计算什么呢？"

由梨："嗯，哪些人喜欢巧克力、哪些人喜欢饼干的问题。像这样。"

问题 2（巧克力与饼干）

询问教室中 30 名学生是否喜欢巧克力和饼干。对于巧克力和饼干，所有学生皆需回答喜欢或不喜欢。其结果如下：

- 喜欢巧克力的有 21 人。

- 喜欢饼干的有 14 人。

- 两者都不喜欢的有 5 人。

（居然会有人两者都不喜欢，难以置信！）

请问：巧克力和饼干两者都喜欢的学生有几名？

我："原来如此。"

由梨："呃，这个例子是我随便想的。哥哥，你算得出来吗？"

我："算得出来啊，画图会比较好懂哦……教室中的学生的集合、喜欢巧克力的学生的集合、喜欢饼干的学生的集合等，画成维恩图就像这样。"

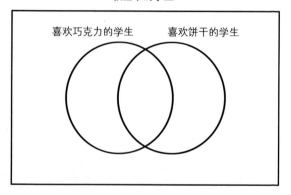

教室中的学生

喜欢巧克力的学生　　喜欢饼干的学生

画成维恩图

由梨："哦。"

我："这是题目告诉我们的条件。"

(a) 教室中有 30 名学生

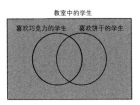

(b) 有 21 名学生喜欢巧克力

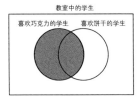

(c) 有 14 名学生喜欢饼干

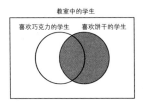

(d) 有 5 名学生两者都不喜欢

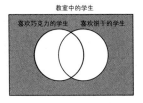

由梨："是啊！"

我："若将喜欢巧克力的学生（21 名）、喜欢饼干的学生（14 名）、两者都不喜欢的学生（5 名）都加起来，21＋14＋5＝40，会得到 40 名学生。但教室中只有 30 名学生，多了 10 名。至于为什么会多出来……"

由梨："因为重复算了两者都喜欢的人。"

我："没错。多出来的这 10 人，就是两者都喜欢的人哦！"

> **解答 2（巧克力与饼干）**
>
> 巧克力和饼干两者都喜欢的学生有 10 名。

由梨："我上小学的时候，无法接受这种题目。"

我："哪种题目？"

由梨："我是说，当老师提到'喜欢巧克力的人'时，如果能顺便说明'喜欢巧克力的人也可能会喜欢饼干'会比较好。"

我："原来如此。"

由梨："因为我那时把'喜欢巧克力的人'误会成'只喜欢巧克力的人'了。"

我："口头上的说明，的确很容易产生误会啊！"

由梨："虽然老师教得很仔细，但我总有种被骗的感觉。明明是很厉害的老师，却让我感到失望。"

我："那还真是抱歉啊，由梨。"

由梨："为什么哥哥要道歉啊?"

我："嗯，不知不觉想道歉。"

由梨："……呃，好啦，先不管那个。总而言之，这种集合的问题，只要用维恩图来解就不会错了吧。"

我："是啊……啊，原来如此。"

由梨："怎么了?"

我："没什么啦，你说得对，非常正确。当我们想求得某个集合内有多少个元素时，画出维恩图来对照是很正确的方法哦!"

由梨："咦，我们刚才不就是在讨论这件事吗?"

我："我在想的是，该怎么把它写成数学式。"

由梨："?"

3.4　写成数学式

我："也就是说，我想把全体人数、喜欢巧克力的人数、喜欢饼干的人数、两者都喜欢的人数、两者都不喜欢的人数……这些数，用一般化的数学式写出来。"

由梨："听不懂你在说什么。"

我："就是像这样的数学式。"

全体人数 + 两者都喜欢的人数

= 喜欢巧克力的人数 + 喜欢饼干的人数 +

两者都不喜欢的人数

由梨："什么？"

我："啊，或者写成这样看起来比较自然吧。"

全体人数 − 两者都不喜欢的人数

= 喜欢巧克力的人数 + 喜欢饼干的人数 −

两者都喜欢的人数

由梨："全体人数减去两者都不喜欢的人数……也太麻烦了吧。"

我："不不不，再仔细看一遍啦！"

由梨："好啦！全体人数减去两者都不喜欢的人数……哦，原来如此，就是巧克力和饼干至少喜欢一种的人数吗？"

我："是啊！"

由梨："这等于喜欢巧克力的人数和喜欢饼干的人数相加，再减去两者都喜欢的人数……这不是废话嘛！"

我："是啊，很简单吧。"

由梨："这就像以前学的，把两个圆形加起来，再减去中间的重叠部分，是吗？"

我："没错，理解得很快哦！"

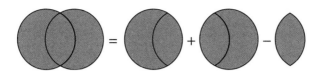

巧克力和饼干至少喜欢一种的人数

= 喜欢巧克力的人数 + 喜欢饼干的人数 −

两者都喜欢的人数

由梨："简单简单啦……哥哥，你真的很喜欢数学式耶！"

我："写成数学式，会有确实了解的感觉，这样比较安心啊！"

由梨："呵呵。"

3.5　文字与符号

我："不过，上面的数学式用了许多文字，式子变得很长。要是只用符号来表示，就能短很多啰！"

由梨："是啊，譬如说呢？"

我："假设喜欢巧克力的人为集合 A，喜欢饼干的人为集合 B。这就是用符号来表示的例子。"

由梨："哈哈，这样的确变短很多耶！只剩一个字母而已。"

我："接着，把属于集合 A 也属于集合 B 的元素……也就是 A 与 B 的交集，写成 $A \cap B$。"

A 与 *B* 的交集

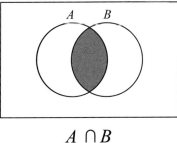

$$A \cap B$$

由梨："啊，我好像见过这个符号。哥哥以前是不是教过我啊？"

我："应该吧。"

由梨："这个符号感觉很容易混淆耶！"

我："一般会把 *A* 与 *B* 的交集写成 $A \cap B$，*A* 与 *B* 的并集则写成 $A \cup B$。"

A 与 *B* 的并集

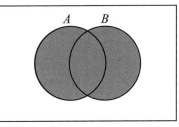

$$A \cup B$$

由梨："你看，又是 ∩ 又是 ∪ 的，很容易混淆的啊！"

我："是吗？你看，∪ 是并集的符号，长得像杯子一样，就像是要把 A 和 B 一起舀起来一样。这样比较好记吧。"

由梨："把 A 和 B 一起用杯子舀起来啊……嗯。"

我："多写几次就能记住啰！"

由梨："是这样吗？"

我："是这样啊！另外还有补集，集合 A 的补集写成 $\overline{A}$。"

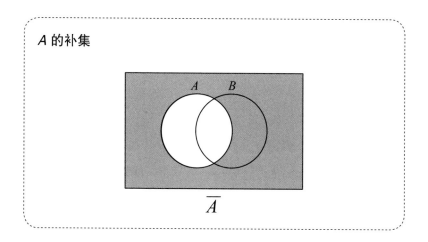

A 的补集

$\overline{A}$

由梨："哦。"

我："所谓 A 的补集，指的是全集减去所有属于 A 的元素，剩余元素的集合。在这张图中，全集是长方形围住的空间，所以将表示集合 A 的部分减去，就是 A 的补集了。"

由梨："了解。"

我："元素个数也可以用数学式表示。集合 A 的元素个数可以写成 $|A|$。"

集合 A 的元素个数

$$|A|$$

由梨："集合 A 的元素个数……是指喜欢巧克力的人数吗？"

我："没错。若 A 是喜欢巧克力的人的集合，则 $|A|$ 便表示喜欢巧克力的人数。如果 A 是集合，那么 $|A|$ 就是集合内元素的个数。"

由梨："好麻烦啊！"

我："刚开始学的时候的确会有这种感觉啦！不过，等到熟悉这些规则后，后面的推导就轻松多了。简化许多复杂的叙述，就会变得一点儿也不麻烦啰！"

由梨："这样啊！"

我："像 A 与 B 的并集所包含的元素个数，可写成 $|A \cup B|$。"

由梨："啊，这样很方便耶！"

我："所以刚才提到的巧克力和饼干至少喜欢一种的人数，就能写成这样。这个关系式称为容斥原理。"

集合的元素个数的关系式（容斥原理）

$$|A \cup B| = |A| + |B| - |A \cap B|$$

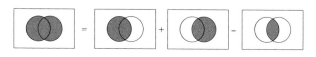

由梨："呵呵，原来如此。把两个集合相加，然后再减去重叠的部分……了解。"

我："由梨，你看。"

由梨："怎么了？"

我："文字那么长的叙述，不如用数学式来表示，是不是简短许多呢？"

由梨："嗯……是简短许多没错啦，不过很难懂耶！"

我："因为你还没习惯这些符号啦！题目来啰，以下叙述哪个正确？"

问题 3（集合的元素个数）

请选出正确的叙述。以下所有集合的元素个数皆为有限个。

（1）对于任意集合 A，

$$|A| \geqslant 0$$

皆成立。

（2）对于任意集合 A 与 B，

$$|A \cap B| \leqslant |A|$$

皆成立。

（3）对于任意集合 A 与 B，

$$|A \cup B| \geqslant |A|$$

皆成立。

（4）对于任意集合 A 与 B，

$$|A \cup B| \leqslant |A| + |B|$$

皆成立。

由梨："……"

在我写下题目时，由梨顿时认真起来，大脑进入全速运转的状态。抿着嘴巴、表情认真，栗色的头发散发出金色光芒，和平常喜欢打打闹闹的由梨有些不同。我则静静待在一旁，等待她切换回原来的模式。

我："……"

由梨："……我说哥哥啊！"

我："如何？"

由梨："该不会……从（1）到（4）这 4 个叙述都正确吧？"

我："没错，答案正确。这些叙述都是正确的哦！"

由梨："果然。"

解答 3（集合的元素个数）

从（1）到（4）这 4 个叙述都正确。

（1）对于任意集合 A，

$$|A| \geq 0$$

皆成立。

（2）对于任意集合 A 与 B，

$$|A \cap B| \leq |A|$$

皆成立。

（3）对于任意集合 A 与 B，

$$|A \cup B| \geq |A|$$

皆成立。

（4）对于任意集合 A 与 B，

$$|A \cup B| \leq |A| + |B|$$

皆成立。

我："如何？习惯这些符号了吧。"

由梨："完全没问题。"

我："学得真快呢!"

由梨："其实我是用维恩图来想这个问题的。"

我："啊，这样也可以。"

由梨："这个问题的叙述（1）是正确的。因为元素个数一定大于或等于 0 啊!"

$$|A| \geq 0$$

我："是啊!"

由梨："叙述（2）也是正确的。因为交集的元素个数一定比原来的两个集合的元素个数都少啊!"

$$|A \cap B| \leq |A|$$

我："没错。因为 $|A \cap B|$ 指的是属于 A，而且也属于 B 的元素个数，所以一定会比 $|A|$ 还要少。"

由梨："叙述（3）也很显而易见啊! 因为并集是把两个集合合在一起嘛!"

$$|A \cup B| \geq |A|$$

我："是啊，因为 $|A \cup B|$ 指的是属于 A 或属于 B 的元素个数，所以最少会有 $|A|$ 个。换句话说，$|A \cup B|$ 一定大于或等于 $|A|$。"

由梨："叙述（4）也很理所当然。因为……因为就是很理所当然嘛！"

$$|A\cup B| \leqslant |A| + |B|$$

我："从刚才的等式 $|A\cup B| = |A| + |B| - |A\cap B|$，可知叙述（4）是对的。等式右边本来减去一个大于或等于 0 的数 $|A\cap B|$，去掉后等式右边会变大或保持不变。"

由梨："结果全部是废话嘛！"

我："是啊！习惯符号的使用之后，一看到 $|A\cap B|$ 就能马上想到巧克力和饼干两者都喜欢的人数。达到这种程度以后，遇到看起来很复杂的算式，也能立刻看穿。"

由梨："嗯嗯。"

我："这样就不怕碰到很难的数学式了吧。"

由梨："我才不会怕呢！只是有的时候偶尔稍微觉得麻烦而已啦！"

我："好好好，就当作是这样吧。"

由梨："嗯，这些叙述太简单了，总觉得不过瘾啊！这根本称不上是问题吧。"

我："很有自信嘛，那……这个问题如何？"

问题 4（容斥原理）

对于任意两个集合 A 与 B，以下等式成立，称为容斥原理。

$$|A \cup B| = |A| + |B| - |A \cap B|$$

请将其推广到 A、B、C 这 3 个集合的情形。

由梨："咦……什么意思啊，推广？"

我："就是要你思考，当我们有 A、B、C 这 3 个集合时，要怎样计算 $|A \cup B \cup C|$。"

由梨："是这个意思吗……咦，那不是会变得很复杂吗？"

我："咦，会吗？我觉得这个问题，对刚才说'太简单了，总觉得不过瘾啊'的你来说，应该很适合啊！"

由梨："呜……知道了啦，我想想看嘛！"

　　　于是由梨再次陷入了沉思……

我："……知道了吗？"

由梨："大概吧。"

我："想到什么答案了吗？"

由梨："可能会错哦！"

我："没关系，说说看吧。"

由梨："我想到的是列成这样的式子。"

由梨的解答

$$|A \cup B \cup C| = |A| + |B| + |C|$$
$$- |A \cap B| - |A \cap C|$$
$$- |B \cap C| + |A \cap B \cap C|$$

我："你是怎么想到这个式子的呢？"

由梨："这个嘛，还是用维恩图来想的哦！$|A \cup B \cup C|$ 看起来像迪士尼米奇的图案所包含的元素个数，不是吗？"

$|A \cup B \cup C|$ 为 $A \cup B \cup C$ 所包含的元素个数

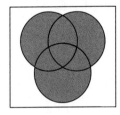

我："米奇啊……"

由梨："所以只要解这个图案就行了。首先把集合 A、B、C 所包含的元素个数都加起来，得到 $|A| + |B| + |C|$。"

|A|+|B|+|C| 为集合 A、B、C 所包含的元素个数的和

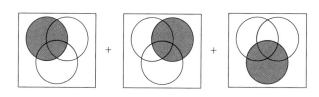

我：“嗯嗯。”

由梨：“可是这样就加太多了，因为有些地方加了不止一次，也就是重叠的部分。所以要把 3 个地方减去……也就是要减去 $|A \cap B|$、$|A \cap C|$、$|B \cap C|$ 这 3 部分的和。”

|A∩B|+|A∩C|+|B∩C| 为集合 A∩B、A∩C、B∩C 所包含的元素个数的加总

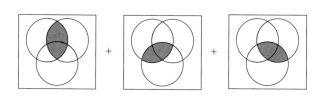

我：“很好。”

由梨：“但减去这些部分后又减太多了，维恩图 3 个重叠的部分会被抵消掉。若将 3 个圆形重叠的部分减去，则中间重叠的部

分会被抵消掉，什么都没剩。为了把这部分加回来，所以要加 $|A \cap B \cap C|$。"

$|A \cap B \cap C|$ 为集合 $A \cap B \cap C$ 所包含的元素个数

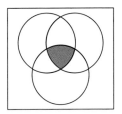

我："厉害！完全正确，由梨。"

由梨："咦，我答对了吗?"

我："答对啰！你的解说很详细，非常完美。"

解答 4（容斥原理）

对于任意 3 个集合 A、B、C，以下等式成立，为容斥原理的推广。

$$\begin{aligned}
|A \cup B \cup C| = &|A| + |B| + |C| \\
&- |A \cap B| - |A \cap C| \\
&- |B \cap C| + |A \cap B \cap C|
\end{aligned}$$

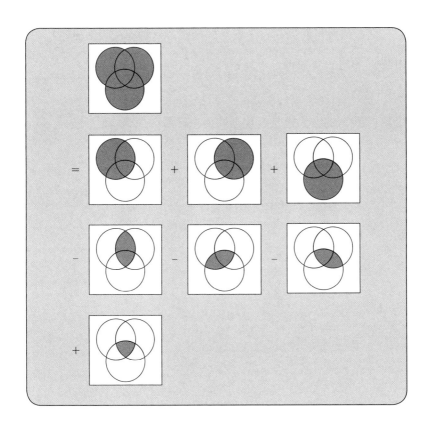

由梨："好漂亮的结果。哥哥，我最喜欢维恩图啰！"

我："算式中减去重叠的部分，也可以写成循环排序哦！"

$$\cdots - |A \cap B| - |A \cap C| - |B \cap C| \cdots \qquad \text{由梨的答案}$$

$$\downarrow$$

$$\cdots - |A \cap B| - |B \cap C| - |C \cap A| \cdots \qquad \text{循环排序}$$

由梨："什么意思啊？"

我："循环排序指的就是像 $A \to B$，$B \to C$，$C \to A$ 这样，依序排

列，最后再回到第一个项目的规则。这种写法很常见哦！"

由梨："不过，我写得也不算错吧。"

我："当然。"

由梨："我写的方式也是有规则的啊！你看……

$$\cdots - |A \cap B| - |A \cap C| - |B \cap C| \cdots$$

就是从 $|A \cap B \cap C|$ 中，依序拿掉 C、B、A 嘛！"

我："原来如此。"

"你与我有何相异点？"

第 3 章的问题

●问题 3−1（维恩图）

以下图中两个集合 A、B 为例，请用维恩图来表示下列式子

所表示的集合。

① $\bar{A} \cap B$；

② $A \cup \bar{B}$；

③ $\bar{A} \cap \bar{B}$；

④ $\overline{A \cup B}$。

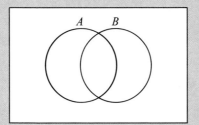

（解答在第 251 页）

●问题 3-2（交集）

若全集 U 与集合 A、B 的定义如以下各子题描述，则各子题的交集 $A \cap B$ 分别表示哪些数的集合呢？

① U 为大于或等于 0 的所有整数的集合；

　A 为所有 3 的倍数的集合；

　B 为所有 5 的倍数的集合。

② U 为大于或等于 0 的所有整数的集合；

　A 为所有 30 的因子的集合；

　B 为所有 12 的因子的集合。

③ U 为由实数 x、y 组成的所有数对 (x, y) 的集合；

　A 为满足 $x+y=5$ 的所有数对 (x, y) 的集合；

　B 为满足 $2x+4y=16$ 的所有数对 (x, y) 的集合。

④ U 为大于或等于 0 的所有整数的集合；

　A 为所有奇数的集合；

　B 为所有偶数的集合。

（解答在第 253 页）

●**问题 3-3（并集）**

若全集 U 与集合 A、B 的定义如以下各子题描述，则各子题
的并集 $A \cup B$ 分别表示哪些数的集合呢?

① U 为大于或等于 0 的所有整数的集合;

　　A 为所有除以 3 余 1 的数的集合;

　　B 为所有除以 3 余 2 的数的集合。

② U 为所有实数的集合;

　　A 为满足 $x^2 < 4$ 的所有实数 x 的集合;

　　B 为满足 $x \geqslant 0$ 的所有实数 x 的集合。

③ U 为大于或等于 0 的所有整数的集合;

　　A 为所有奇数的集合;

　　B 为所有偶数的集合。

（解答在第 257 页）

你会牵起谁的手

"如果我牵着你的手，那么你也会牵着我的手。"

4.1　在顶楼

蒂蒂:"学长，原来你在这里啊!"

我:"哦，是蒂蒂啊!"

蒂蒂:"可以和你一起吃午饭吗?"

　　这里是我就读的高中，现在是午休时间。我在顶楼啃着面包时，蒂蒂跑来和我打招呼，并坐在我身旁。

我:"是说……你是在找我吗?"（以前好像也发生过一样的事。）

蒂蒂:"呃，应该说……一时兴起，想来顶楼看看。"

　　一时兴起，想来顶楼啊……我边啃面包边想。

我:"上次我们也在顶楼聊过，对吧?"

蒂蒂:"咦? 啊，是的，是啊!"

我:"虽然我们好像一直在聊数学的样子。"

蒂蒂:"因为数学很好玩啊! 环状排列问题、念珠排列问题，以及它们的解法，让我学到很多。后来我又联想到一些东西，学长可以听听我的想法吗？"

我："当然可以啰！"

4.2 再回到圆桌问题

蒂蒂："之前我们讨论环状排列的时候，是从圆桌问题开始的。"

我："啊，那个叫作……什么 Susan？"

蒂蒂："是的，是有'Lazy Susan'的圆桌。因为不方便和距离较远的人讲话，所以要换位子，因此我们想计算座位的排列方式有几种可能。"

我："嗯，是这样没错。"

蒂蒂："不过，我又想到一个有点儿不一样的问题。因为入座之后再换座位有点儿没礼貌，所以假设入座之后不可改变座位。"

我："嗯。"

蒂蒂："于是我就在想，如果每个人一定要和任意一人握手，共有几种配对方式呢？"

我："和任意一人握手，每个人都要吗？"

蒂蒂："是的。不能有没握到手的人，也不能 3 个人或以上握在一起。"

蒂蒂拿出笔记本开始解说。

●问题 1（6 人的握手问题）

6 人排成环状，如果每个人都要和自己以外的任意一人握手，那么握手配对共有几种方式呢？

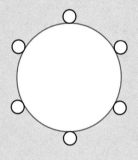

我："原来如此。"

蒂蒂："啊，学长，先不要告诉我这道题的解法哦！"

我："不，其实我还不知道该怎么解。你已经知道答案了吗？"

蒂蒂："是的。至少我解出了 6 人的握手问题……话说，学长，可以请你听听我是怎么解这道题的吗？"

我："那就请蒂蒂当老师来教我啰！"

蒂蒂："咦……好，好的。"

4.3　蒂蒂的思路

我："那就开始吧，蒂蒂老师。"

蒂蒂："别这样叫我啦……首先为这 6 人命名，分别是 A、B、C、D、E、F。"

我："很好，命名很重要。"

蒂蒂："是的，命完名之后，假设 A 和 B、C 和 D、E 和 F 分别握手配对，这就是握手配对①。这里的黑线表示两人互相握手。"

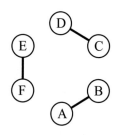

6 人的握手配对①

我："等一下，为什么要从最下面开始命名 A、B、C、D、E、F 呢？"

蒂蒂："我原本是从最上面开始按顺时针命名为 A、B、C……的，但当我想让 A 与右边的人握手时，会搞不清楚哪边是右边，所以就改成让 A 在最下面。"

我："啊，原来是这样，我倒没想到这一点。"

蒂蒂："接着，假设 A 与左边的 F 握手，则 E 与 D、C 与 B 分别

握手配对，就得到握手配对②。"

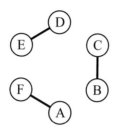

6 人的握手配对②

我："就是刚才的反转，对吧？"

蒂蒂："是的。除此之外，A 还可以与正对面的 D 握手。剩下的

人分别握手配对，便能得到握手配对③。"

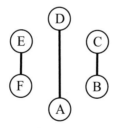

6 人的握手配对③

我："原来如此。你是以 A 与谁握手为判断标准，分成不同情形，

对吧？"

蒂蒂："是的，就是这样。还有啊，虽然听起来有点儿多余，但

我必须强调一下，不能让 A 与 C 握手。因为这样一来，B

就没办法和其他人握手了。"

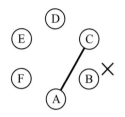

B 无法和其他人握手

我："没办法和其他人……哦，因为不能交错握手，是吗？"

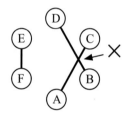

不能交错握手

蒂蒂："是的，我是这么想的。"

我："这样的话，在你提出的握手问题中，补充这些条件进去会比较好哦！也就是不能交错握手这个条件。"

问题 1（6 人的握手问题）[补充条件]

6 人排成环状，如果每个人都要和自己以外的任意一人握手，且不能交错握手，那么握手配对共有几种方式呢？

蒂蒂："这样的确比较好呢！我在思考的时候已经预设这个条件
　　　了，但如果题目只说要握手配对，看的人的确会不知道到底
　　　有没有这个限制。"

我："是啊！"

蒂蒂："总而言之，通过这种思路，我找出了 5 种握手配对方式，
　　　如下所述。"

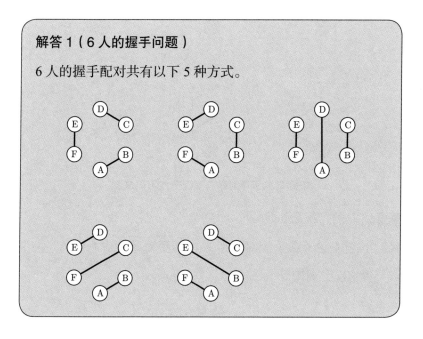

解答 1（6 人的握手问题）

6 人的握手配对共有以下 5 种方式。

我："原来如此，确实是这样没错。"

蒂蒂："嗯……然后呢，我想试着思考 n 人的情形。"

我："利用变量将其一般化，对吧？从 6 推广到 n。"

蒂蒂："没错。"

我："……不过，在将问题一般化之前，我对刚才你列出来的 5

种配对方式有一些疑问。你是根据 A 的握手对象将情况分

成不同情形，是吧?"

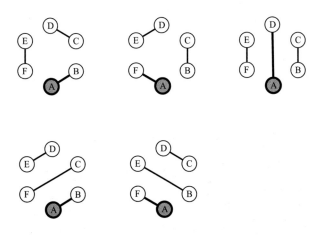

根据 A 的握手对象将情况分成不同情形

蒂蒂："是的，正是如此。"

我："也就是说，握手配对根据 A 的握手对象分成右、前、左 3

种情况，对吧?"

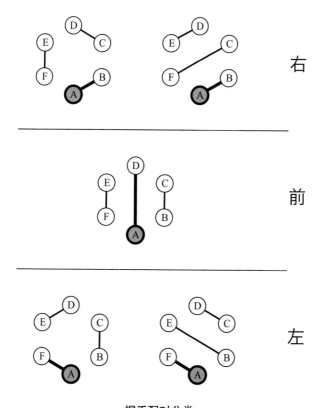

右

前

左

握手配对分类

蒂蒂："正是如此。我脑海中是这么想的，但我没办法说清楚……"

我："不会啦！当然，你的答案是正确的。不过，重要的不只是得到结果，回顾结果也很重要。既然已经没有遗漏、没有重复地进行了分类，就必须把它说清楚。"

蒂蒂："我知道了。总之，我试着假设人数为 n，提出这样的问题。"

> **问题2（n人的握手问题）**
>
> n人排成环状，如果每个人都要和自己以外的任意一人握手，且不能交错握手，那么握手配对共有几种方式呢？

我："这样啊……对了，蒂蒂。这个一般化的过程很完美，不过在利用变量将其一般化时，有些地方要注意哦！"

蒂蒂："注意什么地方呢？"

我："要清楚定义变量的条件。像这个例子中出现的n，必须是偶数才能解吧？"

蒂蒂："啊，真的耶！要是人数是奇数，一定会有没配对到的人，所以有必要设置变量的条件。很抱歉，我是忘记条件的蒂蒂，太失败了。"

我："不不不，讲失败扯太远了。如果n是奇数，握手配对的方式只会是0种。所以我才觉得，你在想这个问题的时候，是否已经假设n是偶数了呢？让我有些在意。"

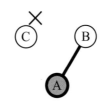

人数为奇数，无法配对

蒂蒂："就像学长说的一样，我一开始就假设 n 是偶数了。"

我："也可以一开始就假设是 $2n$ 人的握手问题吧。"

蒂蒂："原来如此。既然是 $2n$ 人，表示人数一定是偶数啰！"

问题 2（$2n$ 人的握手问题）[明确定义变量范围]

$2n$ 人排成环状（$n=1$、2、3……），如果每个人都要和自己以外的任意一人握手，且不能交错握手，那么握手配对共有几种方式呢？

蒂蒂："要确定题目不会让人误解还真不是一件简单的事呢……

　　　嗯，总之我又试着想了 2 个人的情形。"

我："很好，是要试着带入小的数，对吧？"

蒂蒂："没错。"

我："我认为你思考的步骤很正确哦！"

- 命名。

- 利用变量将其一般化。

- 回顾结果。

- 没有遗漏、没有重复。

- 试着带入小的数。

蒂蒂："不过，这些都是学长和米尔迦学姐教我的耶！"

我："不，我觉得这样就很厉害啰！"

蒂蒂："谢谢学长，一直以来受学长照顾。"

蒂蒂轻轻地颔首。

我："那就试着从 2 人握手开始吧。"

蒂蒂："如果学长不嫌弃的话。"

蒂蒂突然红了脸，直直伸出了她的右手。

我："咦？"

蒂蒂："咦？"

我："不是啦，我的意思不是要我们 2 人握手，而是一起来想想看 2 人的握手问题啦！"

蒂蒂："咦？啊，是我误会了吗？真的很不好意思。"

蒂蒂急忙用双手遮住红到耳根的脸。

我："真要说的话，我在和你谈数学的时候也学到很多。所以我也受了你不少照顾。"

最后我们 2 人伸手相握，得到 1 种握手配对方式。

4.4 试着带入小的数

蒂蒂："……所以，2 人的时候，握手配对方式确实只有 1 种。"

我："题目要我们考虑 $2n$ 人的情形。目前我们知道 $n=1$ 时有 1 种配对方式，是这样吧？"

蒂蒂："是这样没错。"

n = 1 时有 1 种配对方式

我："*n* = 2 的时候……"

蒂蒂："2*n* = 4 的时候，有 2 种握手配对方式。要是和对面的人握手，会变成交错握手，不能算进去。"

n = 2 时有 2 种配对方式

我："*n* = 3 的情形，我们刚才讨论过了吧。"

蒂蒂："是啊，6 人则有 5 种握手配对方式。"

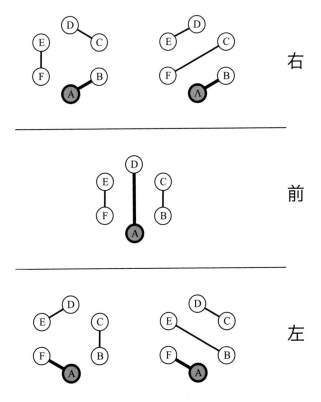

右

前

左

n = 3 时有 5 种配对方式

我："所以你试着带入小的数之后，得到了这些结果，是吗？当 *n*=1、2、3 时，分别有 1、2、5 种握手配对方式。"

蒂蒂："是啊！当数比较小时还算轻松，但算到 8 人的时候变得很复杂。我还在想该怎么做，试着画出一些配对……"

我："8 人，也就是 *n* = 4 的情形吧。"

蒂蒂："用刚才的方法，以 A 与谁握手，把可能的情形依序列出来。"

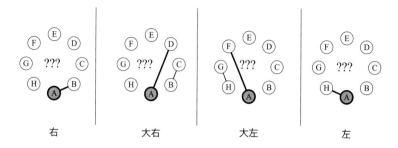

$n = 4$ 的情形

我："也就是要为不同情形分类吧。"

蒂蒂："是的，这张图中共分为 4 种情况。

- A 与 B 握手的情形（右）。
- A 与 D 握手的情形（大右）。
- A 与 F 握手的情形（大左）。
- A 与 H 握手的情形（左）。

虽然'大右'这种说法有点儿奇怪……但在'大右'这种情况下，B 和 C 一定会配成一对，所以我先把图中的 B 和 C 连起来了。'大左'是类似的情况。8 人时没办法和正对面的人握手，要是这么做，就一定会出现交错握手的情形。"

我："原来如此。这确实是一种没有遗漏、没有重复的分类。咦?"

蒂蒂："怎么了? 有写错的地方吗?"

我："不，说不定我已经找到解题线索了。"

蒂蒂："?"

我："以'右'这种情形为例，A 与 B 配成一对，剩下的有 C、D、E、F、G、H。"

蒂蒂："是啊！"

我："所以'右'可能产生的配对方式，应该和 6 人的握手配对数目一样。因为我们只要考虑 A、B 以外的 6 人进行握手配对就可以了。"

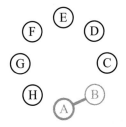

只要考虑 A、B 以外的 6 人进行握手配对就可以了

蒂蒂："的确。6 人，嗯，是 5 种吗？"

我："没错。同样的，'左'也会是 5 种，因为只考虑 B、C、D、E、F、G 的配对。"

蒂蒂："原来如此。至于'大右'和'大左'，都会与 4 人的握手配对相同，有 2 种配对方式，对吧？我来整理一下，$n=4$，即 8 人的握手配对共有……"

- '右'的情形会剩下 6 人，故有 5 种配对方式。
- '大右'的情形会剩下 4 人，故有 2 种配对方式。

- ‘大左’的情形会剩下 4 人，故有 2 种配对方式。
- ‘左’的情形会剩下 6 人，故有 5 种配对方式。

我："嗯。所以说?"

蒂蒂："所以说，总共有 $5+2+2+5=14$ 种配对方式。"

我："因此 $n=4$ 的时候共有 14 种配对方式。"

蒂蒂："我来整理一下。"

我："等一下，我刚才发现了很重要的事。你想解的是 $2n$ 人的握手问题，是否要用这样的图来思考呢?"

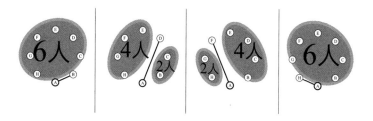

帮助思考 8 人的握手问题的图

蒂蒂："这些大大的●是什么呢?"

我："这些●是用来表示隐藏在其中的较少人的握手问题。也就是说，我们借由 A 的握手对象，分解了握手问题。"

蒂蒂："?"

我："你根据 A 的握手对象将情况分成不同情形。于是我就想到 A 与握手对象会隔出一条分界线，将原本的问题分解成 2 个人数较少的握手问题……噢，对了，0 人也要算进来。"

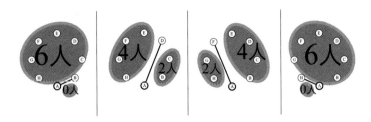

帮助思考 8 人的握手问题的图（0 人也算进来）

蒂蒂："0 人的握手？"

我："没错。因此，8 人的握手问题可以分成 4 种情形，每种情形再分解成 2 组人数较少的握手问题。也就是 6 人与 0 人、4 人与 2 人、2 人与 4 人、0 人与 6 人这 4 种情形。"

蒂蒂："原来如此。"

我："我们原本是想算 $n = 1$、2、3……的情形，但这样看来，$n = 0$ 的情形也应该考虑进来。"

蒂蒂："$2n = 0$ 人的握手配对方式，是 1 种吗？"

我："这样才会有一致性。也就是说，多人握手配对的方式，可以回归至较少人数的配对方式。"

蒂蒂："回归……"

4.5 想一想数列的情形

我："蒂蒂，我们再命名一次吧。假设不同的 n，会有 a_n 种可能的握手配对方式。一一算出 a_0、a_1、a_2、a_3……后，就可以从数列的角度来解题。对了，把它整理成表格吧。"

握手配对的数列 $\{a_n\}$

假设 $2n$ 人握手，有 a_n 种可能的握手配对方式。

n	0	1	2	3	4	…
人数 $2n$	0	2	4	6	8	…
a_n	1	1	2	5	14	…

蒂蒂："原来如此。整理成表格，看起来清楚多了。"

我："为了谨慎，把示意图也画出来吧。"

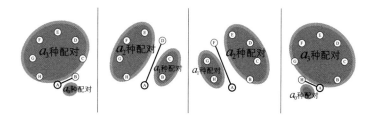

帮助思考 $n=4$ 的握手问题的图（画出 a_n）

蒂蒂："学长……我有点儿不太懂。这里的 a_3、a_2、a_1、a_0 指的分别是 6 人、4 人、2 人、0 人有几种可能的握手配对方式，对吧？"

我："是啊！你的理解是正确的哦！"

蒂蒂："画出这张示意图之后，$n=4$ 仍然有 14 种配对方式，没错吧？"

我："当然啰，$a_4 = 14$ 这个答案并不会改变。"

蒂蒂："这样的话，画这张示意图有什么意义呢？"

我："刚才我们不是提到回归吗？这就是画示意图的目的。由这张图可以看出，a_4 可以表示为 a_0、a_1、a_2、a_3 的组合。"

蒂蒂："我还是不太明白这么做的意义……"

我："简单来说，我们可以得到以下等式。"

$$a_4 = a_3 a_0 + a_2 a_1 + a_1 a_2 + a_0 a_3$$

蒂蒂："呃，这表示我们将这 4 项相加之后，就能求出 a_4 吗？"

我："没错，而且相加的各项正是分界线左右两侧的乘积。以 $a_2 a_1$ 为例。"

分界线左右两侧的人各自与圆圈内的对象配对

我："$a_2 a_1$ 为分界线左右两侧的乘积。

- 左侧 4 人的握手配对共有 a_2 种可能。
- 右侧 2 人的握手配对共有 a_1 种可能。

因为左侧的 a_2 种配对可能若有任意一种发生，右侧皆有 a_1 种配对可能，所以 $a_2 a_1$ 便是 A 与 D 握手时，可能的握手配对方式。嗯，果然令 $a_0 = 1$ 是正确的。"

蒂蒂："原来如此……仔细想想确实如此。我是不是一遇到符号就

　　　会变得战战兢兢呢？"

我："所以，a_4 可以用下式表示。"

$$a_4 = a_3 a_0 + a_2 a_1 + a_1 a_2 + a_0 a_3$$

蒂蒂："是的，我明白了。"

我："至此，我们便能推论出数列 $\{a_n\}$ 的递归式。"

蒂蒂："什么意思呢？"

我："简单来说，虽然我们刚才算的是 $n = 4$ 的情形，但是由你的

　　　思路所衍生的分界线解法，在 n 比较大时也适用。因为每条

　　　分界线都能把人群分成左右两侧。"

蒂蒂："哦，原来如此。"

我："所以我们可以写出一般化的式子。"

$$a_n = a_{n-1} a_0 + a_{n-2} a_1 + \cdots + a_1 a_{n-2} + a_0 a_{n-1}$$

蒂蒂："呃，这是……"

我："别紧张，我们先仔细看看这个式子吧。你看，

$$a_n = \underbrace{a_{n-1} a_0} + \underbrace{a_{n-2} a_1} + \cdots + \underbrace{a_1 a_{n-2}} + \underbrace{a_0 a_{n-1}}$$

这样就清楚多了吧。这个等式的右边是由一大堆

$$a_{n-k}a_{k-1}$$

的项加总所得。"

蒂蒂："这个 k 代表什么呢？"

我："嗯，k 会从 1 逐渐增加至 n，再把每个 $a_{n-k}a_{k-1}$ 加起来。我们可以用 $\sum$ 来表示这些项的加总。这就是数列 $\{a_n\}$ 的递归式……哦，天啊！"

数列 $\{a_n\}$ 的递归式

$$\begin{cases} a_0 = 1 \\ a_n = \sum_{k=1}^{n} a_{n-k}a_{k-1} \quad (n = 1、2\cdots\cdots) \end{cases}$$

蒂蒂："学长。"

我："蒂蒂，这不就是卡特兰数 C_n 吗？"

蒂蒂："卡特兰数？"

我："为什么我到现在才发现呢！蒂蒂，你的握手问题的 $\{a_n\}$ 和卡特兰数的 $\{C_n\}$ 是同一个数列哦！"

蒂蒂："学长对这个式子有印象吗？"

我："嗯，我看过这个递归式。不过，我不太记得它的一般项是什么，该怎么算呢……"

蒂蒂："刚才推导出来的递归式不行吗？"

我："嗯，我们虽然推导出握手配对方式的数列 $\{a_n\}$，但我们希望能写出只用 n 来表示 a_n 的一般式。"

蒂蒂："一般式？"

我："你看，如果是递归式，$a_n = \cdots$ 等号右边不是会有 a_{n-k} 和 a_{k-1} 之类的东西吗？这表示如果我们想求得某项，必须先知道数列中的其他项是多少。然而，我们希望能直接由 n 求得 a_n。"

蒂蒂："呃，写出一般式是很重要的事吗？"

我："是啊，只要可以，我们都会尽量写出一般式。因为如果是递归式，就要从 a_0 开始，依序算出 a_1、a_2……最后才知道 a_n，不是吗？"

蒂蒂："原来如此。我本来还想说，只要一鼓作气把它们一一算出来就好了……"

我："嗯，如果 n 很小是可以这么做，但 n 越大就会变得越难算。所以，能不能用一般式来表示 a_n 变成了一件亟待确认的事，我曾和由梨一起想过类似的问题[1]。卡特兰数会出现在像这样的题目中。"

---

[1]　请参考《数学女孩的秘密笔记：随机算法》第 8 章（钢琴问题）。

> **问题 3（路径问题）**
>
> 如下图所示，S 和 G 之间有许多上下起伏的山路，请问：从 S 走到 G 有几条路径？
>
>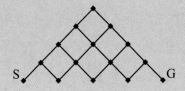

蒂蒂："咦？这道题和卡特兰数有关系吗？"

我："嗯，有哦。这个题目相当于 $n=4$ 的情形，有 14 条路径。让我们把这些路径都画出来吧。"

> **解答 3（路径问题）**
>
> 共有以下 14 条路径。
>
>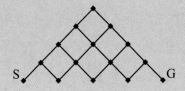

蒂蒂:"可是路径问题和握手问题问的东西完全不一样啊……"

我:"没错,但握手问题得到的递归式,确实和卡特兰数的递归式相同,路径问题的答案也是卡特兰数哦!"

蒂蒂:"是……这样吗?"

我:"所以说,这个问题应该可以换个方式问。也就是说,你所提出的握手问题,若换个方式问,应该可以回归至路径问题。说得清楚一点儿,只要把握手问题的'握手'这个动作变形一下,就可以转换成路径问题里的'路径'……啊,真的可以,办得到,没问题。"

蒂蒂:"咦?"

我:"先考虑最简单的握手情形吧,A 和 B、C 和 D,这里的握手问题可以转换成这样的路径问题。"

蒂蒂:"为什么呢?"

我:"嗯,只是有这种感觉啦……对了,你看,把互相握手的 A、B、C、D 排成一行,这时表示握手的连接会变成这样,这样就很像了吧。"

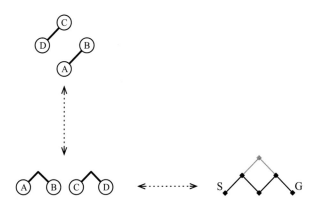

蒂蒂："可是……像这种握手配对方式，又会对应到什么样的路径呢，学长？"

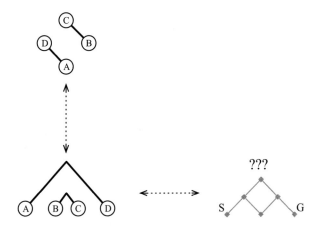

我："嗯，我觉得这样应该也能找到对应的路径。"

蒂蒂："握手双方彼此对等，但路径有上下之分啊……"

我："握手双方并不对等哦！蒂蒂，因为它们排成一行了。"

蒂蒂："所以呢?"

我："如果握手的人排成一行,那么对其中任意一人来说,只能和
队伍中自己右边或左边的人握手。所以,应该要与路径问题
这样对应。"

- 与右边的人握手对应到 ↗。
- 与左边的人握手对应到 ↘。

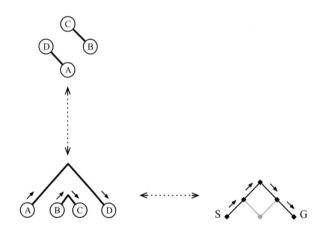

蒂蒂："把 A、B、C、D 改写成 ↗ ↗ ↘ ↘?"

我："没错。反过来说,对任意一条路径来说,都有与其对应的握
手配对。让我们来试试看人数多一点儿的情形吧。假设
$n=4$,先随便弄一种握手配对,再转换成路径问题。"

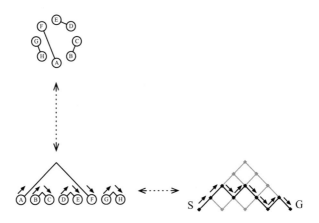

蒂蒂："好好玩，改写后会得到 ↗ ↗ ↘ ↗ ↘ ↘ ↗ ↘ 耶……

咦，可是，这样还是不知道一般项是多少啊！"

我："不，算得出来，我想起来该怎么算了。米尔迦上次教过我，可以算算反射后的路径有几条。还记得我们提过的原则——如果那样就好了——吗？假设爬山的人能潜入地下，像这样。"

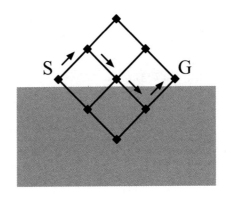

假设爬山的人能潜入地下

蒂蒂："要求出这张图中有几条路径吗?"

我："是啊,这张图中标出的是 ↗ ↘ ↘ ↗ 的路径。如果爬山的
人可以像这样潜入地下,那么由 2 个 ↗ 和 2 个 ↘,共 4 个
箭头的排列,即可构成所有的路径。只需计算 4 个箭头中,
包含 2 个 ↘ 有几种可能的情形就行了,也就是要算 4 选 2
的组合数,即共有 $\binom{4}{2}$ 条路径。"

蒂蒂："学长,请等一下,等一下啦,这样会多算吧! 因为原本的
题目没有说可以潜入地下,所以我们这种算法答案会太多。"

我："嗯,所以还要再减去潜入地下的路径数目,才会是正确答
案。至于潜入地下的路径要怎么算……"

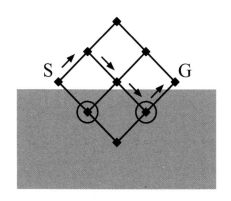

潜入地下的路径一定会通过○

我："从 S 走到 G 的路径中,如果要潜入地下,那么一定会通过
有○记号的地方。这里我们把通过第一个○之后的 ↗ 和 ↘
倒过来,就像是镜子反射的倒影那样。"

蒂蒂："反射……这样会比较好算吗?"

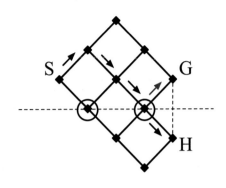

想象反射的倒影

我："潜入地下再抵达 G 的路径，经反射后会得到抵达 H 的路径。换言之，潜入地下再抵达 G 的路径数目，等于抵达 H 的路径数目。"

蒂蒂："……居然可以这样解。"

我："从 S 到 G 的路径数目，与从 4 个箭头中取 2 个为 ↘ 的可能的组合数相同，共有 $\binom{4}{2}$ 条。从 S 到 H 的路径数目，则与从 4 个箭头中取 3 个为 ↘ 的可能的组合数相同，共有 $\binom{4}{3}$ 条。之所以是 $\binom{4}{3}$，是因为多了一个 ↘，所以会变成 $\binom{4}{2+1}$。接着，只要把所有路径减去潜入地下的路径，即为答案。"

$$\underbrace{\binom{4}{2}}_{\text{所有路径}} - \underbrace{\binom{4}{2+1}}_{\text{潜入地下的路径}}$$

蒂蒂:"……"

我:"接下来只要进行一般化就行了。从 S 到 G 一共有 $\dbinom{2n}{n}$ 条路径,从 S 到 H 则有 $\dbinom{2n}{n+1}$ 条路径,所以……"

$$\underbrace{\dbinom{2n}{n}}_{\text{所有路径}} - \underbrace{\dbinom{2n}{n+1}}_{\text{潜入地下的路径}}$$

我:"这样即可求出答案。因此,路径问题的一般项同时也是卡特兰数的一般项 C_n,就是这样。"

卡特兰数的一般项 C_n

$$\begin{cases} C_0 = 1 \\ C_n = \dbinom{2n}{n} - \dbinom{2n}{n+1} \end{cases} \quad (n = 1、2、3\cdots\cdots)$$

蒂蒂:"嗯……"

我:"来验算一下吧。当 $n=1$、2、3、4 时,C_n 分别是 1、5、14 哦!"

蒂蒂:"我不是在怀疑啦,只是讲得有点儿快……先让我整理一下。"

- 我们想算出握手问题的 a_n 是多少。
- 根据 A 的握手对象将情况分成不同情形。

- 可得到 a_n 的递归式。

- 列出递归式，令 $a_0 = 1$。

- 学长发现递归式与卡特兰数 C_n 的递归式相同。

- 研究路径问题，发现握手问题确实可变形为路径问题。

- 反过来说，路径问题也可变形为握手问题。

- 因此握手配对方式 a_n 与路径数目 C_n 相等。

- 接着由反射的方法求出路径数目。

- 最后便能求得握手配对方式共有几种。

我："你真的很擅长整理想法呢！"

蒂蒂："不，不算什么啦！要是没整理清楚很容易迷失方向……"

4.6 算算看

我："实际来算算看吧。将 $n = 1$、2、3、4 代入 $\dbinom{2n}{n} - \dbinom{2n}{n+1}$，首先是 C_1。"

$$
\begin{aligned}
C_1 &= \binom{2n}{n} - \binom{2n}{n+1} \qquad \text{先前的式子} \\
&= \binom{2 \times 1}{1} - \binom{2 \times 1}{1+1} \qquad \text{令 } n = 1 \\
&= \binom{2}{1} - \binom{2}{2} \qquad \text{计算}
\end{aligned}
$$

$$= \frac{2}{1} - \frac{2 \times 1}{2 \times 1} \quad \text{代入组合公式}$$

$$= 2 - 1$$

$$= 1$$

蒂蒂："$C_1 = 1$，C_1 与 a_1 都等于 1。"

我："嗯，没错，然后是 C_2。"

$$C_2 = \binom{2n}{n} - \binom{2n}{n+1} \quad \text{先前的式子}$$

$$= \binom{2 \times 2}{2} - \binom{2 \times 2}{2+1} \quad \text{令 } n = 2$$

$$= \binom{4}{2} - \binom{4}{3} \quad \text{计算}$$

$$= \frac{4 \times 3}{2 \times 1} - \frac{4 \times 3 \times 2}{3 \times 2 \times 1} \quad \text{代入组合公式}$$

$$= 6 - 4$$

$$= 2$$

蒂蒂："$C_2 = 2$，的确和 $a_2 = 2$ 一致。"

我："接下来是 C_3。"

$$C_3 = \binom{2n}{n} - \binom{2n}{n+1} \quad \text{先前的式子}$$

$$= \binom{2 \times 3}{3} - \binom{2 \times 3}{3+1} \quad \text{令 } n = 3$$

$$= \binom{6}{3} - \binom{6}{4} \quad \text{计算}$$

$$= \binom{6}{3} - \binom{6}{2} \quad \text{因为} \binom{6}{4} = \binom{6}{2} \quad \text{（对称公式）}$$

$$= \frac{6 \times 5 \times 4}{3 \times 2 \times 1} - \frac{6 \times 5}{2 \times 1} \quad \text{代入组合公式}$$

$$= 20 - 15$$

$$= 5$$

蒂蒂："$C_3 = 5$……和 $a_3 = 5$ 也一样。"

我："最后是 C_4。"

$$C_4 = \binom{2n}{n} - \binom{2n}{n+1} \quad \text{先前的式子}$$

$$= \binom{2 \times 4}{4} - \binom{2 \times 4}{4+1} \quad \text{令 } n = 4$$

$$= \binom{8}{4} - \binom{8}{5} \quad \text{计算}$$

$$= \binom{8}{4} - \binom{8}{3} \quad \text{因为} \binom{8}{5} = \binom{8}{3} \quad \text{（对称公式）}$$

$$= \frac{8 \times 7 \times 6 \times 5}{4 \times 3 \times 2 \times 1} - \frac{8 \times 7 \times 6}{3 \times 2 \times 1} \quad \text{代入组合公式}$$

$$= 70 - 56$$

$$= 14$$

蒂蒂："太棒了！$C_4 = 14$、$a_4 = 14$，两个数确实相等。"

我：“把刚才得到的数据填到表格里面吧。”

n	0 1 2 3 4 …
人数 $2n$	0 2 4 6 8 …
a_n	1 1 2 5 14 …
C_n	1 1 2 5 14 …

蒂蒂：“a_n 和 C_n 真的都一样耶！”

4.7　整理式子

我：“刚才计算的时候我想到一件事。我们计算 C_4 的时候，不是出现了像这样的式子吗？

$$\frac{8\times7\times6\times5}{4\times3\times2\times1} - \frac{8\times7\times6}{3\times2\times1}$$

要不要直接把这个式子通分看看呢？”

蒂蒂：“就是把分母都变成 $4\times3\times2\times1$ 吗？”

$$
\begin{aligned}
C_4 &= \frac{8\times7\times6\times5}{4\times3\times2\times1} - \frac{8\times7\times6}{3\times2\times1} \\
&= \frac{8\times7\times6\times5}{4\times3\times2\times1} - \frac{8\times7\times6}{3\times2\times1}\times\frac{4}{4} \quad\text{通分} \\
&= \frac{8\times7\times6\times5}{4\times3\times2\times1} - \frac{(8\times7\times6)\times4}{(3\times2\times1)\times4} \\
&= \frac{(8\times7\times6\times5)-(8\times7\times6\times4)}{4\times3\times2\times1}
\end{aligned}
$$

$$= \frac{(8 \times 7 \times 6) \times (5 - 4)}{4 \times 3 \times 2 \times 1} \qquad \text{提出 } 8 \times 7 \times 6$$

$$= \frac{8 \times 7 \times 6}{4 \times 3 \times 2 \times 1}$$

我："没错。做得很好，接下来再变换一下这个式子。"

$$C_4 = \frac{8 \times 7 \times 6}{4 \times 3 \times 2 \times 1}$$

$$= \frac{1}{5} \times \frac{8 \times 7 \times 6 \times 5}{4 \times 3 \times 2 \times 1}$$

$$= \frac{1}{5} \times \frac{(8 \times 7 \times 6 \times 5) \times (4 \times 3 \times 2 \times 1)}{(4 \times 3 \times 2 \times 1) \times (4 \times 3 \times 2 \times 1)}$$

$$= \frac{1}{5} \times \frac{8!}{4! 4!}$$

$$= \frac{1}{4 + 1} \binom{2 \times 4}{4}$$

蒂蒂："是，是这样没错啦，所以？"

我："因为这是 $n = 4$ 时的计算，所以可以想象一般项或许是这个样子。"

$$C_n = \frac{1}{n + 1} \binom{2n}{n}$$

蒂蒂："咦，我完全想象不到耶……"

我："事实上，这个一般项是对的哦！把我们刚才在变换 $n = 4$ 时所用的方法，套用在一般化的情形中，经过计算即可证明。"

$$\binom{2n}{n} - \binom{2n}{n+1}$$

$$= \frac{(2n)!}{n!(2n-n)!} - \frac{(2n)!}{(n+1)!(2n-(n+1))!}$$

$$= \frac{(2n)!}{n!n!} - \frac{(2n)!}{(n+1)!(n-1)!}$$

$$= \frac{n+1}{n+1} \cdot \frac{(2n)!}{n!n!} - \frac{n}{n} \cdot \frac{(2n)!}{(n+1)!(n-1)!} \qquad \text{通分前的准备}$$

$$= \frac{(n+1)(2n)!}{(n+1)n!n!} - \frac{n(2n)!}{n(n+1)!(n-1)!} \qquad \text{相乘}$$

$$= \frac{(n+1)(2n)!}{(n+1)!n!} - \frac{n(2n)!}{n(n+1)!(n-1)!} \qquad \text{因为} (n+1)n! = (n+1)!$$

$$= \frac{(n+1)(2n)!}{(n+1)!n!} - \frac{n(2n)!}{(n+1)!n!} \qquad \text{因为} n(n-1)! = n!$$

$$= \frac{(n+1)(2n)! - n(2n)!}{(n+1)!n!} \qquad \text{分数减法}$$

$$= \frac{((n+1)-n)(2n)!}{(n+1)!n!} \qquad \text{提出} (2n)!$$

$$= \frac{(2n)!}{(n+1)!n!} \qquad \text{因为} (n+1)-n = 1$$

$$= \frac{1}{n+1} \cdot \frac{(2n)!}{n!n!} \qquad \text{因为} (n+1)! = (n+1)n!$$

$$= \frac{1}{n+1} \binom{2n}{n} \qquad \text{组合数的计算}$$

蒂蒂："学长……"

我："你看，很简单吧？啊，舒服多了。"

解答 2（2n 人的握手问题）

2n 人的握手配对总数，与卡特兰数的一般项

$$\frac{1}{n+1}\binom{2n}{n}$$

相同。

※ 当 $n=0$ 时，令 $\binom{0}{0}=1$ 。

蒂蒂："学长……可是我还是觉得有点儿困难。如果没有学长这样
    一步步教我怎么推导，我自己不可能想得到要这样解题。"

我："嗯，如果完全没有背景知识，要推导出这些式子应该蛮困难
    的吧，我应该也做不到。不过，你不觉得换个方式问确实是
    种很有用的方法吗？"

蒂蒂："的确……表面上看，握手问题和路径问题是两个完全不同
    的问题，但适当改变形式，会得到相同的结果。"

我："是啊！在计算有几种可能情形时，为了简化计算而改变问题的
    形式，思考是否能将其回归至自己原本已知如何求解的问题……
    不过这样做的时候，必须注意不能改动问题的结构哦！"

蒂蒂："是的……原来要换个方式问啊！"

    下午的上课铃声响了起来。

    充实的午休时间告一段落。

参考文献

- John H C, Richard K G. The Book of Numbers, Copernicus, 1995.

- Donald E K, Oren P, Ronald L G. Concrete Mathematics: A Foundation for Computer Science, Addison-Wesley, 1994.

- Richard P S. Catalan Numbers, Cambridge University Press, 2015.

"即使你放开我的手，我也不会放开你的手。"

第 4 章的问题

●问题 4-1（所有握手情形）

在第 154 页中，蒂蒂本来想画出 8 人握手配对的所有情形，但没画出来。请你试着画出这些情形，共 14 种。

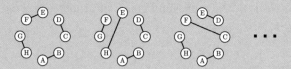

（解答在第 259 页）

●问题 4-2（棋盘状道路）

一个 4×4 的棋盘状道路如下图所示，若想从 S 经过这些道路到达 G，共有几条最短路径呢？注意不可穿过河流。

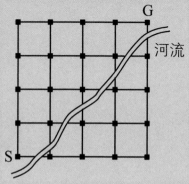

（解答在第 260 页）

●问题 4-3（硬币的排列）

假设一开始有数枚硬币排成一行，再往上摆放新的硬币，并
规定，同一层需有 2 枚相邻硬币，才能在上面摆放 1 枚新的
硬币，我们想知道共有几种摆法。以下图为例，若底部有 3
枚硬币，则摆法共有以下 5 种。

如果一开始有 4 枚硬币排成一行，那么共有几种摆法呢？

（解答在第 262 页）

●问题 4-4（赞成、反对）

满足以下条件的数组 $(b_1, b_2, \cdots, b_8)$ 共有几个呢？

$$
\begin{cases}
b_1 \geq 0 \\
b_1 + b_2 \geq 0 \\
b_1 + b_2 + b_3 \geq 0 \\
b_1 + b_2 + b_3 + b_4 \geq 0 \\
b_1 + b_2 + b_3 + b_4 + b_5 \geq 0 \\
b_1 + b_2 + b_3 + b_4 + b_5 + b_6 \geq 0 \\
b_1 + b_2 + b_3 + b_4 + b_5 + b_6 + b_7 \geq 0 \\
b_1 + b_2 + b_3 + b_4 + b_5 + b_6 + b_7 + b_8 = 0 \quad （等号） \\
b_1, b_2, \cdots, b_8 \text{ 皆为 1 或 } -1
\end{cases}
$$

（解答在第 264 页）

●问题 4-5（先反射再计算）

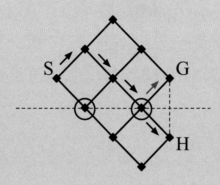

试试看第 169 页中"我"所提到的方法吧。请将所有从 S 出
发潜入地下再抵达 G 的路径转换成从 S 出发抵达 H 的路径。

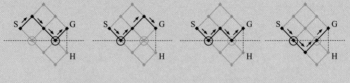

（解答在第 265 页）

绘制地图

"为了绘制地图，一起去看看这个世界吧。"

5.1　在顶楼

我："蒂蒂，是你啊!"

蒂蒂："学长是来吃午饭的吗?"

我："可以坐你旁边吗?"

蒂蒂："当然可以。"

这里是我的高中，现在是午休时间。我想带着面包到顶楼慢慢享用，在那里看到学妹蒂蒂正在专注地看着笔记，于是我在她的旁边坐下。

我："嗯……难道你是在等我过来吗?"

蒂蒂："也不是这么回事啦……天气这么好，所以一时兴起想来顶楼看看。"

我想着要怎么样"一时兴起想来顶楼看看"，并啃着面包。

我："所以，今天的 Lazy Susan 呢?"

蒂蒂："咦？"

我："每次和你在顶楼聊天时，都会聊到 Lazy Susan 的相关问题，所以才这么问。最近有在思考其他问题吗？"

蒂蒂："这个嘛……也不是真的在思考什么问题，不过有一件事让我有点儿在意。"

我："数学的问题吗？"

蒂蒂："是的，应该是和数学相关的问题，不过我总觉得很难把问题说清楚。"

我："对于喜欢用语言描述清楚的你来说还真是少见呢！那是什么样的问题呢？"

蒂蒂："嗯，也不知道算不算得上是问题……总之，可以先听我说说看吗？"

我："当然可以啰！"

虽然和数学有关，却不知道是不是数学问题。到底会是什么问题呢？

5.2 蒂蒂在意的事

蒂蒂："之前学长和我解释过一些环状排列的特征。"

我："嗯，是啊！"

问题 1（圆桌问题）

一张圆桌，有 5 个座位。5 个人欲坐在这些座位上，共有几种入座方式呢？

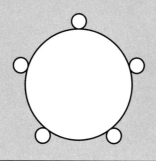

蒂蒂："我们将环状排列问题回归至一般排列问题，顺利得出了答案。"

我："嗯，只要先固定其中 1 人的位置，剩下人的排列就变成了一般排列。若有 n 人入座圆桌，则会有 $(n-1)!$ 种入座方式。这就是将 n 人的环状排列问题，回归至 $n-1$ 人的一般排列问题。"

蒂蒂："就是这里，所谓回归，究竟是什么意思呢？"

解答 1（圆桌问题）

一张圆桌，有 5 个座位。5 人欲坐在这些座位上，则可由下

列计算过程

$$4! = 4 \times 3 \times 2 \times 1 = 24$$

得到，入座方式共有 24 种。

（先固定其中 1 人，再将剩下 4 人的排列视为一般排列。）

Ⓐ Ⓑ→Ⓒ→Ⓓ→Ⓔ		Ⓐ Ⓒ→Ⓑ→Ⓓ→Ⓔ	
Ⓐ Ⓑ→Ⓒ→Ⓔ→Ⓓ		Ⓐ Ⓒ→Ⓑ→Ⓔ→Ⓓ	
Ⓐ Ⓑ→Ⓓ→Ⓒ→Ⓔ		Ⓐ Ⓒ→Ⓓ→Ⓑ→Ⓔ	
Ⓐ Ⓑ→Ⓓ→Ⓔ→Ⓒ		Ⓐ Ⓒ→Ⓓ→Ⓔ→Ⓑ	
Ⓐ Ⓑ→Ⓔ→Ⓒ→Ⓓ		Ⓐ Ⓒ→Ⓔ→Ⓑ→Ⓓ	
Ⓐ Ⓑ→Ⓔ→Ⓓ→Ⓒ		Ⓐ Ⓒ→Ⓔ→Ⓓ→Ⓑ	
Ⓐ Ⓓ→Ⓑ→Ⓒ→Ⓔ		Ⓐ Ⓔ→Ⓑ→Ⓒ→Ⓓ	
Ⓐ Ⓓ→Ⓑ→Ⓔ→Ⓒ		Ⓐ Ⓔ→Ⓑ→Ⓓ→Ⓒ	
Ⓐ Ⓓ→Ⓒ→Ⓑ→Ⓔ		Ⓐ Ⓔ→Ⓒ→Ⓑ→Ⓓ	
Ⓐ Ⓓ→Ⓒ→Ⓔ→Ⓑ		Ⓐ Ⓔ→Ⓒ→Ⓓ→Ⓑ	
Ⓐ Ⓓ→Ⓔ→Ⓑ→Ⓒ		Ⓐ Ⓔ→Ⓓ→Ⓑ→Ⓒ	
Ⓐ Ⓓ→Ⓔ→Ⓒ→Ⓑ		Ⓐ Ⓔ→Ⓓ→Ⓒ→Ⓑ	

我："什么意思，你的意思是?"

蒂蒂："不是直接计算环状排列，而是先回归至一般排列再计算。

我可以接受学长这样的说明，自己也试着想了几个例子来验证是不是真的懂了。"

我："嗯，然后呢？"

蒂蒂："可是，我总觉得自己并没有完全理解。虽然我已经掌握了环状排列问题，并能得出问题的答案，也能向别人说明怎么解题。但是，对于解环状排列问题时所用到的回归，我还是没有完全明白是怎么回事。"

我："你是在想把某个问题回归至另一个问题是什么意思，是吗？"

蒂蒂："我是这样想的吗？"

我："呃，我也不知道啊……"

蒂蒂："虽然我不清楚该怎么用语言来说明，但我就是对回归有种没有完全明白的感觉。总觉得一直有个声音在对自己说'你还是没有完全懂啊，别得意忘形'，所以有些沮丧……"

我："有个声音在对自己说啊……"

我一边啃着剩下的面包一边思考。

究竟蒂蒂觉得是谁在对自己说呢？

蒂蒂："不好意思。学长还在吃午餐，我却提出了这样一个莫名其妙的问题。"

我："不，这个问题或许很重要。回归是什么意思啊……"

5.3 波利亚的提问

蒂蒂："学长之前提到波利亚的提问，也有类似的话。《怎样解题》
    中有一个提问是：有没有类似的东西。"
    蒂蒂一边翻着手上的"秘密笔记"一边说着。

我："嗯，是啊！"

蒂蒂："如果要回答有没有类似的东西，会想到一般排列和环状排
    列类似，所以会回归至一般排列……"

我："话说，你想问的应该是为什么要回归呢，对吧？如果是这样
    的话应该不难回答。我们有时会碰到很困难的问题，没办法
    直接解出来，但我们还是想用别的方法试试看。所以会找找
    看有没有类似已知解法的问题，得到解困难问题的提示。总
    之，因为想简化问题，所以才要回归。"

蒂蒂："是的，我明白学长的意思。以简单问题的求解取代困难问
    题的求解，这我明白。"

我："嗯，还有疑问吗？"

蒂蒂："是的，不过这似乎和我在意的地方不太一样。这样会不
    会很奇怪呢？明明是自己的问题，却很难清楚地说明究竟想
    问什么。"

我："这种事并不少见哦！我在想，你想问的会不会是要怎样知道
    应该回归至哪个问题呢？你是不是在烦恼：要怎样像'从环

状排列问题想到一般排列问题'一样,从原本的问题想到回
归后是什么问题?"

蒂蒂:"我不知道……"

我:"为了寻求能解出难题的提示,想从简单的问题下手。至于该
如何下手并没有能一招打天下的方法。要是有这种方法,所
有问题都能快速解决了。"

蒂蒂:"学长说得没错。不过,虽然称不上是一招打天下,但是从
波利亚的提问也能发现一些提示或线索,不是吗?想问什
么、已知哪些条件、用图表示、命名……"

我:"是啊,思考的时候经常会自问自答。这样即使一个人独自思
考,也能模拟许多人一起思考的样子。"

蒂蒂:"是这样没错……"

我:"啊,难道你烦恼的是像这样的事吗?如果很困难的问题可
以回归至困难的问题,困难的问题可以回归至简单的问
题……要是一直无限延伸简单的问题该怎么办呢?你是担心
这个吗?"

蒂蒂:"不是的,我想问的不是这么深奥的问题。"

我:"啊,是这样吗?嗯,你在意的究竟是什么呢?"

蒂蒂:"学长……明明我讲的话那么不着边际,连想问什么都不确
定,却麻烦学长这么认真地帮我想答案,真的很不好意思,
谢谢学长。"

蒂蒂对我深深地颔首。

我："没什么啦，是我自己喜欢思考才会想这么多，并不觉得麻烦。因为排列组合的问题常常回归至其他问题，所以让我也有些在意你的问题。这也算是在思考如何换个方式问吧。"

蒂蒂："换个方式问？好像有点儿接近了……和我想问的问题似乎有点儿像。"

我："我们在讨论卡特兰数的时候，也曾换个方式问，对吧？你原本想算排成环状的握手配对有几种，如果将握手问题转换成路径问题，那么换个方式问就能将每一种握手配对转换成一条路径，这样一来就好算多了。在解排列组合问题时，常常会换个方式问哦！"

蒂蒂："啊，我想我应该知道自己想问的是什么了。"

蒂蒂奋力地挥着双手说。

蒂蒂："换个方式问，确实会让问题变简单。可是当我们换个方式问时，在数学领域中发生了什么事呢？若能适当地换个方式问，计算上确实会简单许多，从而让人兴奋。从数学角度来看的话，换个方式问代表什么样的动作呢……"

我："原来如此。这个嘛……在排列组合题目中，应该就是要找出对应关系吧。"

蒂蒂："对应关系？原来如此。"

我："这种环状排列和这种一般排列彼此对应，另一种环状排列和另一种一般排列彼此对应。换个方式问就是在寻找这种没有遗漏、没有重复的对应关系吧。"

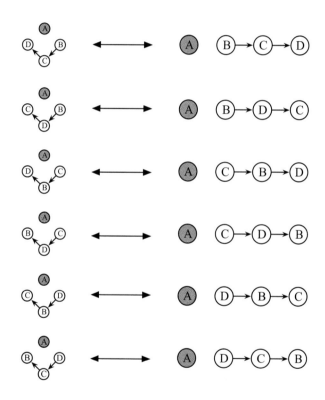

环状排列和一般排列的对应关系

蒂蒂："没有遗漏、没有重复，这句话我知道是什么意思。"

我："嗯，对应关系常用来说明不同的映射，也就是 mapping。"

蒂蒂："mapping，是指地图吗？"

我："地图？"

蒂蒂："是的，就是地图。将地面和图面 mapping 起来的东西，map 就是地图。啊，我知道了。虽然我们无法直接看到全世界的样貌，但通过地图可以更直观地了解世界。建立困难问题和简单问题两者之间的对应关系，也有类似意义……把它们 mapping 起来思考。"

我："原来如此，这种想法很有趣呢！"

5.4　寻找对应关系

蒂蒂："我觉得心情爽朗多了，谢谢学长。我一直在想的问题，或许就是对应关系吧。"

我："的确，我们经常借由换个方式问来寻找对应关系。特别是一对一的对应关系相当重要。"

蒂蒂："一对一的对应关系？"

我："没错，数学上称为双射。"

蒂蒂："双射？"

我："所谓双射，简单来说就是没有遗漏、没有重复的对应关系。只是用数学式的语言来描述而已啦！"

蒂蒂："原来如此……"

从 X 到 Y 的单射

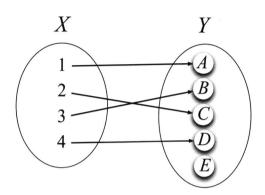

单射允许 Y 中的某元素（E）没有被 X 中任意一个元素对应，但不允许 Y 中的任意一个元素被重复对应。

我："首先，上图表示集合 X 无重复映射到集合 Y。这种映射称作单射。"

蒂蒂："无重复映射称为单射……"

我："其次，下图为无遗漏映射的示意图，这种映射叫作满射。"

从 X 到 Y 的满射

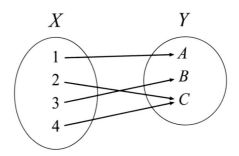

满射允许 Y 中的某元素（C）被 X 中的多个元素重复对应，但不允许 Y 中的任意一个元素没有被对应到。

蒂蒂："无遗漏映射称为满射……"

我："两种性质兼具的映射，也就是没有遗漏、没有重复，这种映射称为双射。"

从 X 到 Y 的双射

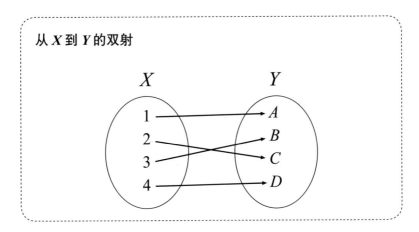

蒂蒂："我懂了。之前我听到'对应'这个词语时，只会想到双
　　　射。因为我觉得没有遗漏、没有重复这件事很重要。"

我："当我们将环状排列回归至一般排列时，其实就是在寻找所有
　　环状排列与所有一般排列之间的双射关系哦！"

蒂蒂："是的。"

我："双射有个重要的特性，那就是两个集合的元素个数相等，虽
　　然这仅适用于有限集合。"

蒂蒂："原来如此。"

我："所以可以得出这样的结论：若我们想求得某个集合内有几个
　　元素，除了直接计算集合内的元素个数，也可以计算另一个
　　'已知与此集合的元素个数相等的集合'内有几个元素。"

蒂蒂："这表示，用前面的例子来说，不需要直接计算环状排列有
　　　几种可能，而是计算一般排列有几种可能，再加以代替……
　　　是这个意思吗？"

我："没错。这和米尔迦常说的看穿结构是一样的道理。除了知道
　　如何求出排成环状的人有几种排列方式，更重要的是明白环
　　状排列和一般排列之间的对应关系。计算有几种排列方式，
　　只是简单的计算问题，而发现环状排列固定其中 1 人即为一
　　般排列这样的对应关系，才是解题的精髓。"

蒂蒂："是啊，从环状排列对应到一般排列……啊，所谓双射，就
　　　是要找出通往新世界的道路吧。从环状排列的世界前进到一

般排列的世界。"

我："双射不只带我们前进到新世界，还可以让我们发现追本溯源
　　的道路哦！"

蒂蒂："原来如此。"

5.5 有无"区别"

蒂蒂："虽然和刚才的讨论没有关系……解排列组合题目时，常常
　　会出现很多有的没的东西，像球、棋子、人、铅笔、苹果、
　　橘子……把各种东西放入袋中，再从袋中取出排成一列或排
　　成环状，好忙啊！"

我："哈哈哈。"

　　蒂蒂边讲边表演，丰富的肢体动作让我不由自主地笑了出来。

蒂蒂："我有时会误会排列组合题目的意思，经常需要想好一阵子
　　才能明白。有些题目中想排列的东西彼此间没有区别，这些
　　题目通常会拿棋子来举例。我们能区分白棋和黑棋的不同，
　　却无法区分这颗黑棋和那颗黑棋的不同。"

我："嗯，没错。"

蒂蒂："所以不会有像'从 5 颗黑棋中选出 2 颗黑棋有几种选法'
　　这样的题目。因为我们无法区分黑棋的差异，所以选出 2 颗
　　黑棋的方法只有一种。"

我："的确，我们无法区分这 2 颗黑棋和那 2 颗黑棋有什么不同。"

蒂蒂："如果是人就能区分差异。因为这个人和那个人不同，所以'从 5 人中选出 2 人有几种选法'这样的问题不会造成疑虑。我们能区分每个人的差异，这 2 人和那 2 人是不一样的。"

我："嗯，所以算出组合数就是答案。$\binom{5}{2} = \dfrac{5 \times 4}{2 \times 1} = 10$ 种选法。"

蒂蒂："是的。如果题目改成'从 5 人中选出 2 人排成一列，有几种排列方式'，又不一样了。这时候还要考虑顺序。"

我："这就是排列问题啰！排成一列共有 $5 \times 4 = 20$ 种排列方式。"

蒂蒂："如果选到的是 A、B 两人，会因为顺序不同而有 A、B 和 B、A 两种排列方式。这时能不能区分不同人的差异，就很重要。"

我："嗯，可否'区分'是解排列组合问题时相当重要的关键词。能注意到这一点，真不愧是蒂蒂。"

蒂蒂："没，没有啦……我好像在炫耀自己懂很多一样，不好意思。"

5.6 重复程度

我："蒂蒂，你是不是正在思考有哪些类似的关键词呢？"

蒂蒂："关键词……是说像'区别'这种关键词吗?"

我："没错。"

蒂蒂："不知道这算不算学长说的关键词，不过我有的时候会弄错题目给的条件，像是有没有'重复'。"

我："这样啊。"

蒂蒂："5 人排成一列，不同位置上的人一定不是同一人，所以不会重复。如果是从一大堆黑白棋中选出 5 颗棋子，黑棋就有可能会被重复选到。或者说，在只有黑白 2 种棋子的情形下，要选出 5 颗棋子，一定会选到重复的棋子。"

我："嗯，重复……能不能重复选择的问题吗?"

蒂蒂："啊，我又想到一个，就是'至少'这个关键词。"

我："哦。"

蒂蒂："有的时候题目除了要我们选出 5 颗棋子，还会加上至少要包含 1 颗白棋等条件。"

我："是啊，这个关键词不只是在排列组合中会出现，在数学的其他领域中也经常看到，是很重要的关键词，不愧是蒂蒂。"

蒂蒂："我没那么厉害啦!"

5.7 换个说法

我："'区别''重复''至少'……如果时常注意这些关键词，就不再是忘了条件的蒂蒂吧。"

蒂蒂："如果能那么顺利就好了……啊，对了，我想起来了。我曾经想用别的方式来理解。"

我："?"

蒂蒂："像是所谓没有区别，就是要我们只看数。"

我："哦，只看数?"

蒂蒂："黑棋之间没有区别，换个说法就是要我们只看有几颗黑棋，对吧?"

我："的确。和选了哪些黑棋比起来，选了几颗黑棋才是重点。"

蒂蒂："是的，接着我又想到，所谓'不重复'，换个说法就是'at most one'。"

我："at most one，'至多 1 个''最多 1 个'，是吗……没错，'不重复'也可以这样解读。不能重复，就代表是 0 个或 1 个，同意。"

蒂蒂："是的。如果题目说某样东西'至少 1 个'，换个说法就是'at least one'。"

我："at least one，没错。不过，这好像只是单纯的翻译而已，没有换什么说法吧。"

蒂蒂："听起来是这样没错，但是当我发现可以换一种方式表达时，我相当兴奋。在我发现这件事之前……看到'区别''重复''至少'等词语时，总觉得这些词语之间没什么关联。"

我："……"

蒂蒂："不过后来我注意到，'没区别'就是要我们只看数目、'不重复'表示'at most one'、'至少 1 个'表示'at least one'。当我发现这件事时，才感觉到这 3 个词语彼此相关，而且不再觉得陌生，而像是我早已认识的老朋友。"

我："原来如此。如果 n 是大于或等于 0 的整数，那么'不重复'就可写成 $n \leq 1$，'至少 1 个'则可写成 $n \geq 1$。"

$0 \leq n \leq 1$	"at most one"	至多 1 个 最多 1 个 不重复
$1 \leq n$	"at least one"	至少 1 个

蒂蒂："哦……"

我："原来你是这样理解的，真的很厉害哦！你善于'用语言描述清楚'，有了这件武器，可以拓宽自己的视野呢！"

蒂蒂："没，没有啦，我没那么厉害，因为我思考比较迟钝，所以理解的速度比别人慢一些。而且……就算我现在懂了，到解题的时候还是经常会忘了条件，这样就没意义了……"

蒂蒂害羞地说，脸颊泛起微微红晕。这时上课铃声响起，宣告午休结束。

5.8 在图书室

放学后，我像平常一样来到图书室，想做点儿数学研究。蒂

蒂和米尔迦坐在图书室的一角，像是在写些什么，或者说两人正

在挑战数学题。

我："蒂蒂，在写题目吗？"

蒂蒂："啊，学长。请你等一下，我现在正在战斗中。"

我："战斗啊……"

米尔迦："是卡片。"

村木老师给的卡片

设 n 与 r 为大于或等于 1 的整数。欲将集合 $\{1, 2, 3, \cdots, n\}$ 分割成 r 个子集，且分割后得到的子集不能为空集。举例来说，当 $n=4$、$r=3$ 时，如下所示有 6 种分割方式。

$$\begin{aligned}
\{1, 2, 3, 4\} &= \{1, 2\} \cup \{3\} \cup \{4\} \\
&= \{1, 3\} \cup \{2\} \cup \{4\} \\
&= \{1, 4\} \cup \{2\} \cup \{3\} \\
&= \{1\} \cup \{2, 3\} \cup \{4\} \\
&= \{1\} \cup \{2, 4\} \cup \{3\} \\
&= \{1\} \cup \{2\} \cup \{3, 4\}
\end{aligned}$$

我们可由下式算出有几种分割方式。

$$\begin{Bmatrix} n \\ r \end{Bmatrix} = \begin{Bmatrix} 4 \\ 3 \end{Bmatrix} = 6$$

（续背面）

于是我将卡片翻到背面。

请完成下表中的 $\left\{ {n \atop r} \right\}$。

n \ r	1	2	3	4	5
1	1	0	0	0	0
2			0	0	0
3				0	0
4			6		0
5					

我："原来如此，所以你和蒂蒂正在比赛谁能快速解出来吗？"

俩人没有回应。

蒂蒂不动声色地专心在笔记本上书写。

坐在旁边的米尔迦则是两手环抱于胸前，闭着眼睛思考。

我也来想想看这个问题吧，嗯……

◎　◎　◎

嗯，首先题目给出了 n 和 r 两个变量。"设 n 与 r 为大于或等于 1 的整数"，所以 $n = 1$、2、3……，$r = 1$、2、3……。

然后题目提到集合 $\{1, 2, 3, \cdots, n\}$。嗯，这个集合就是 1 到 n 之间所有整数的集合，对吧？

接下来则是要把这个集合"分割成 r 个子集"，且子集不能为空集。

最后是举例。村木老师出题的时候，为了使我们不至于误解题意，都会举例说明。这是因为举例说明可验证自己是否理解吧。由实际例子，我们可以确认自己是否真正理解题目的意思。

这里给的例子是 $n=4$、$r=3$ 的情形。

因为 n 是 4，所以 $\{1, 2, 3, \cdots, n\}$ 的集合为

$$\{1, 2, 3, 4\}$$

r 是 3，表示我们要将这个由 4 个元素组成的集合分割成 3 个子集，但子集不能是空集。

我瞄了一眼这张卡片，想着该如何把 $\{1, 2, 3, 4\}$ 分割成 3 个子集。如果……

如果这样分，可得到其中一种分割方式

$$\{1\}\quad\{2\}\quad\{3, 4\}$$

这种分割方式将 3 和 4 分到同一个子集。而与它相似的分割方式应该还有数种，如果把 2 和 4 分到同一个子集，可得到：

$$\{1\}\quad\{3\}\quad\{2, 4\}$$

或者也可以把 1 和 3 分到同一个子集，得到：

$$\{2\} \quad \{4\} \quad \{1, 3\}$$

想到这里，我又回头看了看村木老师给的卡片，又阅读了一遍卡片上的例子。

$$
\begin{aligned}
\{1, 2, 3, 4\} &= \{1, 2\} \cup \{3\} \cup \{4\} \\
&= \{1, 3\} \cup \{2\} \cup \{4\} \\
&= \{1, 4\} \cup \{2\} \cup \{3\} \\
&= \{1\} \cup \{2, 3\} \cup \{4\} \\
&= \{1\} \cup \{2, 4\} \cup \{3\} \\
&= \{1\} \cup \{2\} \cup \{3, 4\}
\end{aligned}
$$

原来如此。村木老师用并集符号 $\cup$ 表示分割，写下 6 种分割方式。嗯，到这里，我想我应该明白该怎么分割了。

在村木老师的题目中，重点在于找出有几种分割方式，卡片上用 $\begin{Bmatrix} n \\ r \end{Bmatrix}$ 来表示。既然这是定义，那就只能接受。

$n=4$、$r=3$，也就是把 $\{1, 2, 3, 4\}$ 分割成 3 个子集，共有 6 种分割方式。可写作

$$\begin{Bmatrix} n \\ r \end{Bmatrix} = \begin{Bmatrix} 4 \\ 3 \end{Bmatrix} = 6$$

……原来如此。

问题则是要完成这张表。

n\\r	1	2	3	4	5
1	1	0	0	0	0
2			0	0	0
3				0	0
4			6		0
5					

这张表中有几个格子已经填上数了。

首先是一大堆 0，嗯，这些格子代表的是 $n<r$ 时的 $\left\{ \begin{matrix} n \\ r \end{matrix} \right\}$，这是当然。我们想将 n 个元素分割成 r 个子集，如果子集个数 r 比元素个数 n 还大，分割元素一定不够用，根本找不到满足题目条件的分割方式，所以是 0。

$$\left\{ \begin{matrix} n \\ r \end{matrix} \right\} = 0 \quad （当 n < r 时）$$

然后看表的左上角，$n=1$ 的行与 $r=1$ 的列的交叉处，也就是表示 $\left\{ \begin{matrix} 1 \\ 1 \end{matrix} \right\}$ 的格子。若想将 1 个元素分割成 1 个子集，只有 {1} 这种分割方式，也就是只有 1 种。

$$\left\{ \begin{matrix} 1 \\ 1 \end{matrix} \right\} = 1$$

接着看到刚才村木老师举例的 $\left\{ {4 \atop 3} \right\}$。如同先前的计算结果，这里是 6。

$$\left\{ {4 \atop 3} \right\} = 6$$

表中剩下的空格……

我想到这里，米尔迦正好睁开眼睛，在自己的笔记本上一口气填上所有数。

◎　◎　◎

米尔迦："蒂蒂，我完成了，来对答案吧。"

蒂蒂："时间到了啊……我第 5 行才算到一半。"

我："'第 5 行'听起来像是在算九九乘法表一样。"

米尔迦："由蒂蒂开始说明吧。"

蒂蒂："好的……我刚看到这个问题的时候，实在不懂它想问什么。不过看到 $\left\{ {4 \atop 3} \right\}$ 的例子，我试着以此为出发点来进行思考。"

$$\begin{aligned}
\{1,\ 2,\ 3,\ 4\} &= \{1,\ 2\} \cup \{3\} \cup \{4\} \\
&= \{1,\ 3\} \cup \{2\} \cup \{4\} \\
&= \{1,\ 4\} \cup \{2\} \cup \{3\} \\
&= \{1\} \cup \{2,\ 3\} \cup \{4\} \\
&= \{1\} \cup \{2,\ 4\} \cup \{3\} \\
&= \{1\} \cup \{2\} \cup \{3,\ 4\}
\end{aligned}$$

米尔迦："嗯。"

我："有范例，题意就清楚多了。"

蒂蒂："是的，这就是将 1 到 4 的整数分成 3 群的例子。"

米尔迦："是分割成子集。"

蒂蒂："是的，而且我还注意到一个隐藏条件，就是分割的时候不需要考虑子集的顺序。"

米尔迦："嗯。"

蒂蒂："所以，虽然 $\{1, 2\} \cup \{3\} \cup \{4\}$ 和 $\{1, 2\} \cup \{4\} \cup \{3\}$ 的顺序不同，但仍视为同一种分割方式……这样对吧？"

我："应该没错。话说回来，能发现这个条件的蒂蒂很厉害哦！"

蒂蒂："我也不会永远都是忘了条件的蒂蒂啦！"

米尔迦："继续说下去。"

蒂蒂："因为从来没碰到过类似的问题，所以我就想用较小的数试试看。大致看过这张表之后，我发现有几个格子不用算就知道答案了。"

米尔迦："答案很有趣。"

蒂蒂："有趣……啊，这样讲也没错。举例来说，$r = 1$ 的答案都不用计算。因为分割成 1 个子集和不分割的意思一样，所以 $\{1, 2, 3, \cdots, n\}$ 在 $r = 1$ 时都只有一种分割方式。故可得到以下结果。"

$$\begin{Bmatrix} 2 \\ 1 \end{Bmatrix} = 1 \ , \quad \begin{Bmatrix} 3 \\ 1 \end{Bmatrix} = 1 \ , \quad \begin{Bmatrix} 4 \\ 1 \end{Bmatrix} = 1 \ , \quad \begin{Bmatrix} 5 \\ 1 \end{Bmatrix} = 1$$

我："嗯，原来如此。这样就能填满第一列的格子啰！因为

$$\begin{Bmatrix} n \\ 1 \end{Bmatrix} = 1$$

这个等式成立。"

n \ r	1	2	3	4	5
1	1	0	0	0	0
2	1		0	0	0
3	1			0	0
4	1		6		0
5	1				

由等式 $\begin{Bmatrix} n \\ 1 \end{Bmatrix} = 1$ 可填满第一列

米尔迦："至此我和蒂蒂的想法一样。"

蒂蒂："真的吗？超开心的。"

米尔迦："继续说吧。"

蒂蒂："是的，接着我还发现了另一个有趣的地方。"

我："就是 $r=n$ 的时候吧。哎哟！"

坐在我对面的米尔迦狠狠踢了我一脚。

米尔迦："现在是蒂蒂的时间，你别急着抢话。"

我："啊，抱歉。"

蒂蒂："就像学长说的一样，我试着算了 $r=n$ 的情形。子集个数 r 和元素个数 n 相等，也就是所有元素各自分离。这和 $r=1$ 的情形完全相反，但分割方式都只有 1 种。当 $r=1$ 时，因为所有元素都在一起，所以只有 1 种分割方式；当 $r=n$ 时，因为所有元素各自分离，所以同样也只有 1 种分割方式。"

$$\left\{ \begin{matrix} n \\ r \end{matrix} \right\} = 1 \quad （当 r=n 时）$$

米尔迦："也可以写成这样。"

$$\left\{ \begin{matrix} n \\ n \end{matrix} \right\} = 1$$

蒂蒂："两边都是 n……确实如此。"

我："这样就填满其中一条对角线啰！还剩下 5 个空格。"

$\dfrac{r}{n}$	1	2	3	4	5
1	1	0	0	0	0
2	1	1	0	0	0
3	1		1	0	0
4	1		6	1	0
5	1				1

由等式 $\begin{Bmatrix} n \\ n \end{Bmatrix} = 1$ 可填满其中一条对角线

米尔迦："到这里，蒂蒂和我的想法仍相同。"

蒂蒂："真的吗？这样的话，米尔迦学姐数集合个数的速度也太快了吧……"

米尔迦："我没有真的去数。"

蒂蒂："咦？"

我："咦？"

米尔迦："现在是蒂蒂的时间。"

蒂蒂："然后我就开始算 $n=3$、$r=2$ 时会有几种分割方式。按照村木老师给的卡片所附的范例格式，共有 3 种分割方式，如下所示。"

$$\{1,\ 2,\ 3\} = \{1,\ 2\} \cup \{3\}$$
$$= \{1,\ 3\} \cup \{2\}$$
$$= \{1\} \cup \{2,\ 3\}$$

$$\begin{Bmatrix} 3 \\ 2 \end{Bmatrix} = 3$$

米尔迦："嗯。"

我："填了一个空格。"

$\dfrac{r}{n}$	1	2	3	4	5
1	1	0	0	0	0
2	1	1	0	0	0
3	1	3	1	0	0
4	1		6	1	0
5	1				1

由等式 $\begin{Bmatrix} 3 \\ 2 \end{Bmatrix} = 3$ 填了一个空格

蒂蒂："再来是 $n=4$、$r=2$ 的情形。我认真想了一阵子，得到 6 种分割方式。"

$$\{1, 2, 3, 4\} = \{1, 2, 3\} \cup \{4\}$$
$$= \{1, 2, 4\} \cup \{3\}$$
$$= \{1, 2\} \cup \{3, 4\}$$
$$= \{1, 3\} \cup \{2, 4\}$$
$$= \{1, 4\} \cup \{2, 3\}$$
$$= \{1\} \cup \{2, 3, 4\}$$

$$\begin{Bmatrix} 4 \\ 2 \end{Bmatrix} = 6 \quad （?）$$

米尔迦："不对，少了 $\{1, 3, 4\} \cup \{2\}$ 这种分割方式。"

蒂蒂："咦……啊，真的耶，漏写了 1 种！"

$$\{1, 2, 3, 4\} = \{1, 2, 3\} \cup \{4\}$$
$$= \{1, 2, 4\} \cup \{3\}$$
$$= \{1, 3, 4\} \cup \{2\} \qquad \leftarrow 漏写了这种方式$$
$$= \{1, 2\} \cup \{3, 4\}$$
$$= \{1, 3\} \cup \{2, 4\}$$
$$= \{1, 4\} \cup \{2, 3\}$$
$$= \{1\} \cup \{2, 3, 4\}$$

$$\begin{Bmatrix} 4 \\ 2 \end{Bmatrix} = 7$$

我："可惜啊！不过这样一来 $n \leqslant 4$ 的空格都填满啰！"

n \ r	1	2	3	4	5
1	1	0	0	0	0
2	1	1	0	0	0
3	1	3	1	0	0
4	1	7	6	1	0
5	1				1

$$由等式 \begin{Bmatrix} 4 \\ 2 \end{Bmatrix} = 7 \text{ 填了一个空格}$$

蒂蒂："是啊……不过，表格我只填到这里，$n=5$ 的情形我还在想有哪些可能的分割方式。米尔迦学姐，刚才你说你没有真的去数又是什么意思呢?"

米尔迦：题目要求的并不是分割后会有哪些集合，而是分割方式有几种。看穿题目结构可以马上知道有几种分割方式。不如你也来回答看看吧，当作给你的测验，$\begin{Bmatrix} 5 \\ 2 \end{Bmatrix}$ 是多少呢?"

测验

$\left\{\begin{matrix} 5 \\ 2 \end{matrix}\right\}$ 是多少呢？

n\\r	1	2	3	4	5
1	1	0	0	0	0
2	1	1	0	0	0
3	1	3	1	0	0
4	1	7	6	1	0
5	1	?			1

我："呃，突然把题目丢给我啊！不过，要是不先列出其中几种分割方式，应该不能看穿题目结构吧，我要先试着写出几种啰！"

米尔迦："请便。"

我："嗯，将 5 个元素分割成 2 个子集……"

$$\{1, 2, 3, 4, 5\} = \{1, 2, 3, 4\} \cup \{5\}$$
$$= \{1, 2, 3, 5\} \cup \{4\}$$
$$= \{1, 2, 4, 5\} \cup \{3\}$$
$$= \{1, 3, 4, 5\} \cup \{2\}$$
$$= \{2, 3, 4, 5\} \cup \{1\}$$
$$= \{1, 2, 3\} \cup \{4, 5\}$$
$$= \{1, 2, 4\} \cup \{3, 5\}$$
$$= \{1, 2, 5\} \cup \{3, 4\}$$
$$= \cdots$$

我："……等一下。"

蒂蒂："好像会是个大工程耶!"

我："不，看起来并不需要列出所有分割方式。题目让我们将 5 个
元素分割成 2 个子集，如果换个角度来看，只要从 5 个元素
中选出数个元素组成 1 个集合就可以了。没被选出的元素则
组成另外 1 个集合。"

蒂蒂："咦?"

我："举例来说，从 $\{1, 2, 3, 4, 5\}$ 中选出 1、2、5，得到 $\{1, 2, 5\}$
这个子集，剩下的元素 3、4，则会自动形成另一个集合 $\{3,
4\}$。故可用以下等式表示这种分割方式。"

$$\{1, 2, 3, 4, 5\} = \{1, 2, 5\} \cup \{3, 4\}$$

蒂蒂："哦……是这样啊!"

我："对这 5 个元素来说，每个元素都有可能被选入或不被选入第

一个集合，即每个元素有 2 种情形，故 5 个元素便有 $2 \times 2 \times 2 \times 2 \times 2 = 2^5 = 32$ 种情形。由于题目不允许分割出来的子集为空集，因此把全被选入与全不被选入第一个集合的情形去掉。"

蒂蒂："原来如此。所以就有 $32 - 2 = 30$ 种情形。"

我："不对，刚才你不是说过吗，不需要考虑子集的顺序是隐藏条件。若用我刚才说明的方法，将 $\{1, 2, 5\}$ 选入第一个集合，便会将原集合分割成 $\{1, 2, 5\} \cup \{3, 4\}$；若 $\{1, 2, 5\}$ 没被选入第一个集合，便会将原集合分割成 $\{3, 4\} \cup \{1, 2, 5\}$，这两种分割方式被视为同一种。"

蒂蒂："天啊！明明是自己发现的隐藏条件……所以说，要再除以 2 才是答案啰!"

我："嗯，正是如此。所以答案是 $\begin{Bmatrix} 5 \\ 2 \end{Bmatrix} = (32 - 2)/2 = 15$ 种分割方式，对吧，米尔迦?"

米尔迦："确实如此。"

测验解答

$\diagdown\;^r_n$	1	2	3	4	5
1	1	0	0	0	0
2	1	1	0	0	0
3	1	3	1	0	0
4	1	7	6	1	0
5	1	15			1

$$\begin{Bmatrix} 5 \\ 2 \end{Bmatrix} = 15$$

我："原来如此……"

米尔迦："稍微整理一下你刚才的想法，可以写成一般式，你看。"

$$\begin{Bmatrix} n \\ 2 \end{Bmatrix} = \frac{2^n - 2}{2} = 2^{n-1} - 1$$

我："真的耶……"

米尔迦："我本来以为你看到 $\begin{Bmatrix} n \\ 2 \end{Bmatrix}$ 数列的前 4 项 0、1、3、7 就会

发现 $\begin{Bmatrix} n \\ 2 \end{Bmatrix} = 2^{n-1} - 1$ 了。"

我："哦……没想到这里还藏着提示。"

米尔迦："找到规则便能用来看穿结构。"

蒂蒂："米尔迦学姐，那个……"

米尔迦："怎么了？"

蒂蒂："我在想，$\left\{ \begin{matrix} 5 \\ 4 \end{matrix} \right\}$ 该不会等于 10 吧？"

米尔迦："答案正确，你怎么想到的？"

蒂蒂："不好意思，我是乱猜的。"

米尔迦："猜的，为什么会这样猜呢？"

蒂蒂："你刚才说找到规则便能用来看穿结构，于是我试着从斜向的数找规则。这些数分别是 1、3、6，就想到，啊，该不会是三角数吧。"

n \ r	1	2	3	4	5
1	1	0	0	0	0
2	1	1	0	0	0
3	1	3	1	0	0
4	1	7	6	1	0
5	1	15		?	1

1、3、6……是三角数？

我：“确实如此。”

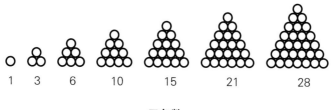

三角数

米尔迦：“取一阶差分数列，应该也能发现。加 2、再加 3、再加

4……"

蒂蒂："$\left\{ \begin{matrix} 5 \\ 4 \end{matrix} \right\} = 10$ 只是我乱猜出来的。"

我："只要能证明这个猜想就行啰！三角数可以用 $\dfrac{n(n-1)}{2}$ 来表示，

所以就是要证明

$$\left\{ \begin{matrix} n \\ n-1 \end{matrix} \right\} = \frac{n(n-1)}{2}$$

对吧?"

米尔迦："把等式右边改成 $\begin{pmatrix} n \\ 2 \end{pmatrix}$ 的形式比较好。"

测验

请证明以下等式成立（ n 为大于或等于 2 的整数 ）。

$$\left\{ \begin{matrix} n \\ n-1 \end{matrix} \right\} = \begin{pmatrix} n \\ 2 \end{pmatrix}$$

蒂蒂："那个……这两种形式有什么不一样吗？"

我："因为 $\dbinom{n}{2} = \dfrac{n \times (n-1)}{2 \times 1} = \dfrac{n(n-1)}{2}$，所以意思一样。"

米尔迦："这样就能以组合诠释，证明起来比较轻松，你看。"

测验的解答

将 n 个元素分割成 r 个子集，等于决定"从 n 个元素中选出 2 个元素组成一个集合"，并确定要选出哪 2 个元素。

因此 $\left\{ \begin{matrix} n \\ n-1 \end{matrix} \right\}$ 等于从 n 个元素中选出 2 个元素的组合数，换言之，以下等式成立。

$$\left\{ \begin{matrix} n \\ n-1 \end{matrix} \right\} = \dbinom{n}{2}$$

我："原来如此。"

蒂蒂："咦……如果是 $n=4$、$r=3$ 呢？"

米尔迦："就是卡片上的例子啰！"

$$
\begin{aligned}
\{1,\ 2,\ 3,\ 4\} &= \{1,\ 2\} \cup \{3\} \cup \{4\} &\quad& \text{选出1、2} \\
&= \{1,\ 3\} \cup \{2\} \cup \{4\} &\quad& \text{选出1、3} \\
&= \{1,\ 4\} \cup \{2\} \cup \{3\} &\quad& \text{选出1、4} \\
&= \{1\} \cup \{2,\ 3\} \cup \{4\} &\quad& \text{选出2、3} \\
&= \{1\} \cup \{2,\ 4\} \cup \{3\} &\quad& \text{选出2、4} \\
&= \{1\} \cup \{2\} \cup \{3,\ 4\} &\quad& \text{选出3、4}
\end{aligned}
$$

蒂蒂："真的耶！就是从 5 个元素中选出 2 个元素的组合数。所以 $\left\{{5 \atop 4}\right\}=10$。"

我："终于剩最后一个空格了。"

$\frac{r}{n}$	1	2	3	4	5
1	1	0	0	0	0
2	1	1	0	0	0
3	1	3	1	0	0
4	1	7	6	1	0
5	1	15	?	10	1

米尔迦："最后一个空格用一般性的方法思考会比较容易理解。"

蒂蒂："所谓一般性，具体来说是什么意思呢？"

我："这个问题听起来有点儿奇怪，实际上问得很好。"

米尔迦："具体来说，就是想办法拼凑 $\left\{{n \atop r}\right\}$ 的递归式。"

我："递归式啊！"

蒂蒂："这样啊……"

米尔迦："可以这样想，$\left\{{n \atop r}\right\}$ 是将 n 个元素分割成 r 个子集。但这次我们先以其中一个元素为依据来进行分类，假设是 1 这个元素。"

蒂蒂："……难道说，要把 1 当成'国王'？"

米尔迦："没错，这就像是你喜欢的固定其中 1 人的位置。假设 1 是你所说的'国王'，所有可能的分割方式就可分为 1 单独组成一个子集，以及 1 与其他元素组成一个子集 2 种情形。"

以 1 为依据将分割方式分为 2 种

1 单独组成一个子集

$$\{1\} \cup \cdots$$

1 与其他元素组成一个子集

$$\{1, \cdots\} \cup \cdots$$

我："原来如此……"

米尔迦："我们想求 $\left\{ {n \atop r} \right\}$ 是多少，故要先求 1 单独组成一个子集时有几种分割方式。"

我："求得出来吗……啊，可以，就是 $\left\{ {n-1 \atop r-1} \right\}$，对吧？"

蒂蒂："为什么这么快就求出来了呢？"

我："如果先去掉'国王'，会剩下 $n-1$ 个元素。由于'国王'自己已经组成了 1 个子集，因此只要再分割出 $r-1$ 个子集，就能满足题目条件了。"

蒂蒂："啊!"

我："嗯,所以会等于'将 $n-1$ 个元素分割成 $r-1$ 个子集的分割

方式数'……也就是 $\left\{ {n-1 \atop r-1} \right\}$。"

米尔迦："没错。"

蒂蒂："原来如此……这就是'国王'单独 1 人时,可能的分割方式数啰!"

米尔迦："接着,另一种分割方式,当 1 与其他元素组成一个子集

时,又有几种分割方式呢?"

蒂蒂："难道这次要算 $\left\{ {n-1 \atop r} \right\}$?"

米尔迦："为何?"

蒂蒂："因为要将寂寞的'国王'分到其他集合与别人做伴,所以

'国王'以外的 $n-1$ 人,可以分割成 r 个子集。"

我："不对哦,蒂蒂。可惜这不是正确答案。去掉'国王',将剩

下的 $n-1$ 人分割成 r 个子集,到这里都还没问题。然而,

'国王'最后可能会被分到 r 个子集中的任意一个集合,所

以最后要再乘以 r。"

蒂蒂："啊!"

米尔迦："没错。所以 1 与其他元素组成一个子集的分割方式数为

$r \left\{ {n-1 \atop r} \right\}$。再把 1 单独组成一个子集的情形加进来,便会

等于 $\left\{ {n \atop r} \right\}$。"

我："这的确可以写成递归式，就像这样吧。"

$\left\{ {n \atop r} \right\}$ 的递归式

$$\left\{ {n \atop r} \right\} = \left\{ {n-1 \atop r-1} \right\} + r \left\{ {n-1 \atop r} \right\}$$

米尔迦："确实如此。"

蒂蒂："递归式……"

米尔迦："接下来就用这个公式来求 $\left\{ {5 \atop 3} \right\}$ 吧。"

$$\left\{ {n \atop r} \right\} = \left\{ {n-1 \atop r-1} \right\} + r \left\{ {n-1 \atop r} \right\} \qquad 递归式$$

$$\left\{ {5 \atop 3} \right\} = \left\{ {5-1 \atop 3-1} \right\} + 3 \left\{ {5-1 \atop 3} \right\} \qquad 将 n=5 、 r=3 代入$$

$$= \left\{ {4 \atop 2} \right\} + 3 \left\{ {4 \atop 3} \right\} \qquad 计算$$

$$= 7 + 3 \times 6 \qquad 由表可得$$

$$= 25$$

r n	1	2	3	4	5
1	1	0	0	0	0
2	1	1	0	0	0
3	1	3	1	0	0
4	1	7	6 $3 \times 6 = 18$	1	0
5	1	15	25 $7 + 18 = 25$	10	1

利用递归式完成这张表

蒂蒂："这个……这个看起来好像杨辉三角形哦!"

我："的确有几分相似呢!"

米尔迦："唯一不同的地方在于,将左上方与正上方的数相加时,正上方的数需要再乘以 r。"

我："原来如此。这样就不需要把所有分割方式都列出来了,只要利用这个递归式,就能由上而下求得每个数,填好这张表了。"

蒂蒂："这样就填好了。"

村木老师给的卡片（解答）

n＼r	1	2	3	4	5
1	1	0	0	0	0
2	1	1	0	0	0
3	1	3	1	0	0
4	1	7	6	1	0
5	1	15	25	10	1

我："米尔迦太强了。"

米尔迦没有回应什么，只是向我瞥了一眼，便开始在笔记本上写下数学式。

$$\begin{Bmatrix} n \\ r \end{Bmatrix} = \sum_{k=1}^{n-1} \begin{pmatrix} n-1 \\ k \end{pmatrix} \begin{Bmatrix} k \\ r-1 \end{Bmatrix}$$

米尔迦："杨辉三角形可以用来产生组合数 $\begin{pmatrix} n \\ r \end{pmatrix}$，这道题的 $\begin{Bmatrix} n \\ r \end{Bmatrix}$ 和组合数 $\begin{pmatrix} n \\ r \end{pmatrix}$ 有这样的关系。"

$\begin{pmatrix} n \\ r \end{pmatrix}$ 与 $\begin{Bmatrix} n \\ r \end{Bmatrix}$ 的关系

$$\begin{Bmatrix} n \\ r \end{Bmatrix} = \sum_{k=1}^{n-1} \begin{pmatrix} n-1 \\ k \end{pmatrix} \begin{Bmatrix} k \\ r-1 \end{Bmatrix}$$

※ 其中，$n > 1$，$r > 1$。

蒂蒂："哇! 又出现复杂的数学式了。"

我："如果把 Σ 展开会变成这样吗?"

$\begin{pmatrix} n \\ r \end{pmatrix}$ 与 $\begin{Bmatrix} n \\ r \end{Bmatrix}$ 的关系

$$\begin{aligned}
\begin{Bmatrix} n \\ r \end{Bmatrix} &= \begin{pmatrix} n-1 \\ 1 \end{pmatrix} \begin{Bmatrix} 1 \\ r-1 \end{Bmatrix} \\
&+ \begin{pmatrix} n-1 \\ 2 \end{pmatrix} \begin{Bmatrix} 2 \\ r-1 \end{Bmatrix} \\
&+ \begin{pmatrix} n-1 \\ 3 \end{pmatrix} \begin{Bmatrix} 3 \\ r-1 \end{Bmatrix} \\
&+ \cdots \\
&+ \begin{pmatrix} n-1 \\ k \end{pmatrix} \begin{Bmatrix} k \\ r-1 \end{Bmatrix} \\
&+ \cdots \\
&+ \begin{pmatrix} n-1 \\ n-1 \end{pmatrix} \begin{Bmatrix} n-1 \\ r-1 \end{Bmatrix}
\end{aligned}$$

※ 其中，$n > 1$，$r > 1$。

米尔迦："没错。"

我："我们来验算一下吧，当 $n=4$、$r=3$ 时……"

$$等号左边 = \begin{Bmatrix} 4 \\ 3 \end{Bmatrix}$$
$$= 6$$

$$等号右边 = \begin{pmatrix} 4-1 \\ 1 \end{pmatrix}\begin{Bmatrix} 1 \\ 3-1 \end{Bmatrix} + \begin{pmatrix} 4-1 \\ 2 \end{pmatrix}\begin{Bmatrix} 2 \\ 3-1 \end{Bmatrix} + \begin{pmatrix} 4-1 \\ 3 \end{pmatrix}\begin{Bmatrix} 3 \\ 3-1 \end{Bmatrix}$$
$$= \begin{pmatrix} 3 \\ 1 \end{pmatrix}\begin{Bmatrix} 1 \\ 2 \end{Bmatrix} + \begin{pmatrix} 3 \\ 2 \end{pmatrix}\begin{Bmatrix} 2 \\ 2 \end{Bmatrix} + \begin{pmatrix} 3 \\ 3 \end{pmatrix}\begin{Bmatrix} 3 \\ 2 \end{Bmatrix}$$
$$= \frac{3}{1}\begin{Bmatrix} 1 \\ 2 \end{Bmatrix} + \frac{3 \times 2}{2 \times 1}\begin{Bmatrix} 2 \\ 2 \end{Bmatrix} + \frac{3 \times 2 \times 1}{3 \times 2 \times 1}\begin{Bmatrix} 3 \\ 2 \end{Bmatrix}$$
$$= 3 \times 0 + 3 \times 1 + 1 \times 3$$
$$= 6$$

我："确实等号两边都是 6，等式成立。"

蒂蒂："好神奇……"

米尔迦："想一想就知道了。拿 $\sum$ 里的 $\begin{pmatrix} n-1 \\ k \end{pmatrix}\begin{Bmatrix} k \\ r-1 \end{Bmatrix}$ 来说吧，这个式子的本质用一句话就能交代完毕。"

蒂蒂："是什么呢?"

米尔迦："这个式子表示：当'国王'的敌人有 k 人时，有几种分割方式。"

我："哦。"

蒂蒂："'国王'的敌人?"

米尔迦："总共有 n 人，除了代表'国王'的'1'，还有 $n-1$ 人。当'国王'的敌人……也就是分割后与'1'在不同子集内的人有 k 人，要从 $n-1$ 人中选出 k 个敌人的方式共有 $\binom{n-1}{k}$ 种。"

我："嗯嗯。"

蒂蒂："……"

米尔迦："'国王'的敌人有 k 人，就表示'国王'的同伴有 $n-k-1$ 人。'国王'与他的同伴会形成 1 个子集。"

我："哦……其他子集都是敌人啰！"

米尔迦："'国王'的 k 个敌人，则被分割成 $r-1$ 个子集。由先前的定义可知，分割方式有 $\left\{{k \atop r-1}\right\}$ 种。"

我："再把这两个式子相乘就行了。"

米尔迦："没错。因此，当'国王'的敌人有 k 人时，分割方式共有 $\binom{n-1}{k}\left\{{k \atop r-1}\right\}$ 种。"

蒂蒂："……"

我："接下来只要全部加起来就可以了。"

米尔迦："是的。'国王'的敌人人数 $k=1, 2, 3, \cdots, n-1$，把这些情形都算出来并全部加起来，就能得到答案。"

$\binom{n}{r}$ 与 $\left\{\begin{matrix} n \\ r \end{matrix}\right\}$ 的关系

$$\left\{\begin{matrix} n \\ r \end{matrix}\right\} = \sum_{k=1}^{n-1} \binom{n-1}{k} \left\{\begin{matrix} k \\ r-1 \end{matrix}\right\}$$

※ 其中, $n > 1$, $r > 1$。

蒂蒂: "有些复杂耶……我虽然还不完全了解这个数学式的意义, 但总觉得稍微明白思考本身的意义是什么了。"

我: "思考本身的意义?"

蒂蒂: "是的。假设国王有 1 名、与同伴形成 1 个子集、将敌人分割到其他子集……每一段叙述都有数学式与之对应。算出不同情形各有几种分割方式再全部加起来, 就能得到共有几种分割方式。"

米尔迦: "这就是以组合诠释解题过程。若能以组合诠释解题过程, 便能证明与'可能情形数'有关的等式会成立。"

蒂蒂: "以组合诠释……"

米尔迦: "如果只看数学式很难理解, 不妨试着以组合诠释题意, 理解上或许会有进展。"

瑞谷老师: "放学时间到了。"

在管理图书室的瑞谷老师的宣告下, 我们的数学对话告一段落。

排列组合足以让我们讨论到忘记时间。

本章登场的 $\begin{Bmatrix} n \\ r \end{Bmatrix}$，也被称作第二类斯特林数（Stirling numbers）。

参考文献

- John H C, Richard K G. The Book of Numbers, Copernicus, 1995.

- Donald E K, Oren P, Ronald L G. Concrete Mathematics: A Foundation for Computer Science, Addison-Wesley, 1994.

- Donald E G. The Art of Computer Programming, Addison-Wesley, 2011.

"为了多了解这个世界，一起来绘制地图吧。"

第 5 章的问题

●问题 5-1（有几种单射）

我们曾在第 193 页提到单射。假设已知两个集合，分别是有 3 个元素的 $X=\{1, 2, 3\}$ 与有 4 个元素的 $Y=\{A, B, C, D\}$。X 至 Y 为单射，下图为两种可能的元素对应情形。

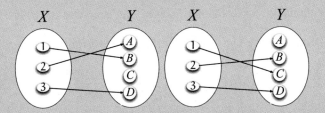

试求 X 至 Y 的单射有几种对应情形。

（解答在第 267 页）

●问题 5-2（有几种满射）

我们曾在第 194 页提到满射。假设已知两个集合，分别是有 5 个元素的 $X = \{1, 2, 3, 4, 5\}$ 与有 2 个元素的 $Y = \{A, B\}$。X 至 Y 为满射，下图为两种可能的元素对应情形。

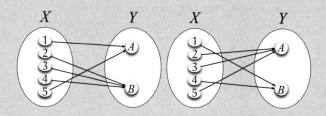

试求 X 至 Y 的满射有几种对应情形。

（解答在第 269 页）

● 问题 5-3（集合的分割）

正文提到，将 n 个元素分割成 r 个非空集合的子集时，有 $\left\{ \begin{matrix} n \\ r \end{matrix} \right\}$ 种分割方式。若我们在村木老师给的卡片上的表中多加一行一列，请试着完成这张表。

n \ r	1	2	3	4	5	6
1	1	0	0	0	0	0
2	1	1	0	0	0	0
3	1		1	0	0	0
4	1			1	0	0
5	1				1	0
6	1					1

（解答在第 271 页）

尾声

　　某日某时，在数学资料室内。

少女："哇，好多奇妙的东西!"

老师："是啊!"

少女："老师，这是什么呢?"

$$+ + + - - - \quad + + - + - - \quad + + - - + -$$
$$+ - + + - - \quad + - + - + -$$

老师："你觉得是什么呢?"

少女："是各拿 3 个'+'和'-'排成一行吗?"

老师："不只如此哦!还有一个条件是：从最左边一一累积起来，'+'的个数一定大于或等于'-'的个数。"

少女："这个条件有什么意义呢?"

老师："看看这个吧。"

$$((( ))) \quad (( )( )) \quad (( ))( ) \quad ( )(( )) \quad ( )( )( )$$

少女："把'+'换成'('、'-'换成')'吗?"

$$+ \quad \longleftarrow ---- \rightarrow \quad ($$
$$- \quad \longleftarrow ---- \rightarrow \quad)$$

老师："没错，我们赋予它们这样的对应关系。换成括号，刚才的条件也可写成左括号和右括号必会彼此呼应。"

少女："老师，这是什么呢?"

老师："你觉得是什么呢?"

少女："把山从大到小的顺序一一写出来……我知道了，老师。是把'+'换成↗、'-'换成↘吗?"

老师："没错，我们可以像这样建立对应关系。3 个 ↗ 和 3 个 ↘ 排成一行，假设不能潜入地下，则共有 5 种排列方式，因为卡特兰数 $C_3=5$。"

少女："写成这种对应方式也可以吧?"

$$+ + + - - - \quad\longleftrightarrow\quad 1+1+1+1-1-1-1$$
$$+ + - + - - \quad\longleftrightarrow\quad 1+1+1-1+1-1-1$$
$$+ + - - + - \quad\longleftrightarrow\quad 1+1+1-1-1+1-1$$
$$+ - + + - - \quad\longleftrightarrow\quad 1+1-1+1+1-1-1$$
$$+ - + - + - \quad\longleftrightarrow\quad 1+1-1+1-1+1-1$$

老师："这样也没错。如果把 1 填入这些加减号之间，那么会发现加减途中的总和一定为正数。假设是 $1+1+1+1-1-1-1$，则计算结果依序如下"

$$\begin{cases} 1 = 1 \\ 1+1 = 2 \\ 1+1+1 = 3 \\ 1+1+1+1 = 4 \\ 1+1+1+1-1 = 3 \\ 1+1+1+1-1-1 = 2 \\ 1+1+1+1-1-1-1 = 1 \end{cases}$$

每一步加或减的答案，1、2、3、4、3、2、1 都大于 0。"

少女： "所以像（1, 2, 3, 4, 3, 2, 1）这样的'排列'也会有 $C_3 = 5$ 种啰？"

$1+1+1+1-1-1-1$ ←----→ （1, 2, 3, 4, 3, 2, 1）

$1+1+1-1+1-1-1$ ←----→ （1, 2, 3, 2, 3, 2, 1）

$1+1+1-1-1+1-1$ ←----→ （1, 2, 3, 2, 1, 2, 1）

$1+1-1+1+1-1-1$ ←----→ （1, 2, 1, 2, 3, 2, 1）

$1+1-1+1-1+1-1$ ←----→ （1, 2, 1, 2, 1, 2, 1）

老师： "没错。能注意到这一点很厉害哦!"

少女： "找出对应关系就知道了啊!"

老师： "把开头的 1、2 和结尾的 2、1 去掉也行哦!"

（1, 2, 3, 4, 3, 2, 1） ←----→ （3, 4, 3）

（1, 2, 3, 2, 3, 2, 1） ←----→ （3, 2, 3）

（1, 2, 3, 2, 1, 2, 1） ←----→ （3, 2, 1）

$$(1, 2, 1, 2, 3, 2, 1) \longleftrightarrow (1, 2, 3)$$
$$(1, 2, 1, 2, 1, 2, 1) \longleftrightarrow (1, 2, 1)$$

少女："这些数的排列又有什么意义呢?"

$$(3, 4, 3) \quad (3, 2, 3) \quad (3, 2, 1) \quad (1, 2, 3) \quad (1, 2, 1)$$

老师："嗯，这样看不出所以然，先把它转回图形吧。这些数表示点的个数哦!"

少女："……"

老师："最左边和最右边的数不是 3 就是 1，中间的数必定与相邻两边的数相差 1。"

少女："老师，把 1、2 和 2、1 去掉的动作，是否等同于把最左边的'＋'和最右边的'－'去掉呢?"

$$+ + + - - \quad \longleftrightarrow \quad + + -$$
$$+ + - + - \quad \longleftrightarrow \quad + - +$$
$$+ + - - + \quad \longleftrightarrow \quad + - -+$$
$$+ - + + - \quad \longleftrightarrow \quad - + +-$$
$$+ - + - + \quad \longleftrightarrow \quad - + +$$

老师："是啊!"

少女:"然后会越来越大。"

老师:"越来越大?"

少女:"纵向排列比较容易看出来吧。"

$$+ + - -$$

$$+ - + -$$

$$+ - - +$$

$$- + + -$$

$$- + - +$$

老师:"这样能看出什么呢?"

少女:"看出规则啊!由'+'和'−'排列出来的东西会按照某
    条规则排成由小到大的顺序。"

老师:"?"

少女:"把'+'换成 0、'−'换成 1,并把它们视为二进制数,
    就可以得到一个小小的递增数列。"

$$+ + - - \quad \longleftarrow\text{----}\longrightarrow \quad 0011_2 = 3_{10}$$

$$+ - + - \quad \longleftarrow\text{----}\longrightarrow \quad 0101_2 = 5_{10}$$

$$+ - - + \quad \longleftarrow\text{----}\longrightarrow \quad 0110_2 = 6_{10}$$

$$- + + - \quad \longleftarrow\text{----}\longrightarrow \quad 1001_2 = 9_{10}$$

$$- + - + \quad \longleftarrow\text{----}\longrightarrow \quad 1010_2 = 10_{10}$$

老师:"原来如此。我都没发现这一点。"

少女："递增数列应该也有什么意义才对……这就是新的谜之数列。"

$$3 \quad 5 \quad 6 \quad 9 \quad 10$$

少女说着，"呵呵呵"地笑了出来。

解　答

A　N　S　W　E　R　S

第 1 章的解答

●问题 1-1（环状排列）

一张圆桌，有 6 个座位。6 个人欲坐在这些座位上，共有几

种入座方式呢？

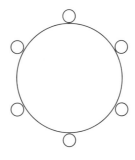

■解答 1-1

先固定其中 1 人再求解（第 35 页提到的方法）。

固定其中 1 人，将剩下的 5 人视为一般排列。由

$$5! = 5 \times 4 \times 3 \times 2 \times 1 = 120$$

可得，共有 120 种入座方式。

答：120 种。

另一种解法

亦可除以重复次数求解（第 35 页提到的方法）。

6 人入座 6 个座位，原本应有 6! 种入座方式。但若是圆桌，则相同的入座方式会被重复计算 6 次，故 6! 要除以重复次数 6

$$\frac{6!}{6} = 5! = 120$$

答案为 120 种入座方式。

答：120 种。

●问题 1-2（豪华座）

一张圆桌，有 6 个座位，其中 1 个座位是豪华座。6 个人欲坐在这些座位上，共有几种入座方式呢？

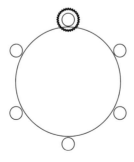

■解答 1-2

将豪华座视为首席，按顺时针将其他座位排列下来，可以得到排成一列的 6 个座位。因此入座方式共有

$$6! = 6 \times 5 \times 4 \times 3 \times 2 \times 1 = 720 （种）$$

答案为 720 种入座方式。

答：720 种。

另一种解法

设 6 人分别为 A、B、C、D、E、F，将豪华座分配给其中一人，并以分配给谁为依据，分成不同情形讨论。

- 当豪华座分配给 A 时，剩下的 5 人共有 5! 种入座方式。
- 当豪华座分配给 B 时，剩下的 5 人共有 5! 种入座方式。
- 当豪华座分配给 C 时，剩下的 5 人共有 5! 种入座方式。
- 当豪华座分配给 D 时，剩下的 5 人共有 5! 种入座方式。
- 当豪华座分配给 E 时，剩下的 5 人共有 5! 种入座方式。
- 当豪华座分配给 F 时，剩下的 5 人共有 5! 种入座方式。

因此可得

$$6 \times 5! = 720 （种）$$

答案为 720 种入座方式。

答：720 种。

●问题 1−3（念珠排列）

将 6 块相异的宝石串成一圈，作成一个念珠串，共有几种串法呢？

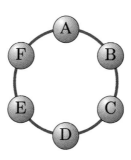

■解答 1−3

使用第 31 页提到的方法。

6 块相异的宝石串成一圈，可视为环状排列，但翻面后相同的排列方式应视为同一种排列，以环状排列的方式计算会重复 2 次，故要再除以 2。因此列式如下

$$\frac{(6-1)!}{2} = \frac{5 \times 4 \times 3 \times 2 \times 1}{2} = 60$$

共有 60 种串法。

答：60 种。

第 2 章的解答

● 问题 2-1（阶乘）

请计算以下数值。

① $3!$ ；

② $8!$ ；

③ $\dfrac{100!}{98!}$ ；

④ $\dfrac{(n+2)!}{n!}$ ， n 为大于或等于 0 的整数。

■ 解答 2-1

① $3! = 3 \times 2 \times 1 = 6$ ；

② $8! = 8 \times 7 \times 6 \times 5 \times 4 \times 3 \times 2 \times 1 = 40\ 320$ ；

③

$$
\begin{aligned}
\frac{100!}{98!} &= \frac{100 \times 99 \times 98 \times \cdots \times 1}{98 \times \cdots \times 1} \\
&= 100 \times 99 \qquad\qquad \text{约分} \\
&= 9900
\end{aligned}
$$

④

$$\frac{(n+2)!}{n!} = \frac{(n+2)\times(n+1)\times n\times\cdots\times1}{n\times\cdots\times1}$$

$$= \frac{(n+2)(n+1)\times n!}{n!}$$

$$= (n+2)(n+1) \qquad 约分$$

●问题 2-2（组合）

若想从 8 名学生中选出 5 名学生作为篮球队的选手，共有几

种选择方式呢?

■解答 2-2

计算组合数 $\begin{pmatrix}8\\5\end{pmatrix}$。

$$\begin{pmatrix}8\\5\end{pmatrix} = \frac{8\times7\times6\times5\times4}{5\times4\times3\times2\times1}$$

$$= \frac{8\times7\times6}{3\times2\times1} \qquad 约分$$

$$= 56$$

答: 56 种。

另一种解法

　　将题目中的"从 8 名学生中选出 5 名学生作为篮球队的选

手"转换成"从 8 名学生中选出 3 名学生作为篮球队的选手"来

思考，计算组合数 $\binom{8}{3}$。

$$\binom{8}{3} = \frac{8 \times 7 \times 6}{3 \times 2 \times 1}$$
$$= 56$$

答：56 种。

●**问题 2-3（分组）**

如下图所示，6 个字母围成一个圆圈。

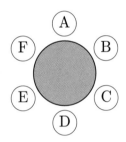

若想将这些字母分成 3 组，并限定相邻字母才能在同一组，

共有几种分组方式呢？下面是几种分组的例子。

■解答 2-3

不从"分组"的角度思考，而是如下图所示，从"插入隔板"的角度去想。

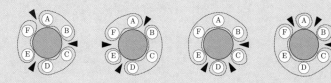

排成环状的 6 个字母有 6 个间隔，从这 6 个间隔中选出 3 个间隔插入隔板。故所求的分组方式的数目，即为 6 取 3 的组合数，即

$$\binom{6}{3} = \frac{6 \times 5 \times 4}{3 \times 2 \times 1} = 20$$

共 20 种分组方式。

答：20 种。

● 问题 2-4（以组合诠释）

下列等式的左边表示"从 $n+1$ 人中选出 $r+1$ 人的组合数"。假设这 $n+1$ 人中有 1 人是"国王"，试以此解释以下等式成立。

$$\binom{n+1}{r+1} = \binom{n}{r} + \binom{n}{r+1}$$

其中，n、r 皆为大于或等于 0 的整数，且 $n \geq r+1$。

■解答 2-4

欲求"从 $n+1$ 人中选出 $r+1$ 人的组合数"，可将"选出来的 $r+1$ 人中是否包含'国王'"作为依据，分成两种情形讨论。

◆情形 1　"从 $n+1$ 人中选出来的 $r+1$ 人中包含'国王'"的组合数，与"从除了'国王'以外的 n 人中选出 r 人"的组合数相同（因为已经确定'国王'会被选中，所以只要另外再选 r 人就可以了）。皆有

$$\binom{n}{r}$$

种。

◆情形 2　"从 $n+1$ 人中选出来的 $r+1$ 人中不包含'国王'"的组合数，与"从除了'国王'以外的 n 人中选出 $r+1$ 人"的组合数相同。皆有

$$\binom{n}{r+1}$$

种。

因此下列等式成立。

$$\binom{n+1}{r+1}=\underbrace{\binom{n}{r}}_{\text{情形1}}+\underbrace{\binom{n}{r+1}}_{\text{情形2}}$$

第 3 章的解答

●问题 3-1（维恩图）

以下图中两个集合 A、B 为例，请用维恩图来表示下列式子

所表示的集合。

①$\overline{A} \cap B$；

②$A \cup \overline{B}$；

③$\overline{A} \cap \overline{B}$；

④$\overline{A \cup B}$。

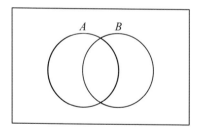

■解答 3-1

①$\overline{A} \cap B$

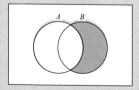

② $A \cup \bar{B}$

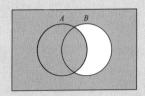

③ $\bar{A} \cap \bar{B}$

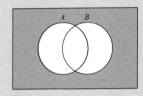

④ $\overline{A \cup B}$

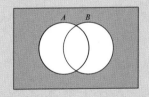

补充

你是否注意到③和④的图所表示的集合是相同的？换句话说，对任意两个集合 A、B，以下等式恒成立。

$$\bar{A} \cap \bar{B} = \overline{A \cup B}$$

另外，以下等式亦恒成立。

$$\bar{A} \cup \bar{B} = \overline{A \cap B}$$

这两个等式合起来称作德摩根定律。

● **问题 3-2（交集）**

若全集 U 与集合 A、B 的定义如以下各子题描述，则各子题的交集 $A \cap B$ 分别表示哪些数的集合呢？

① U 为大于或等于 0 的所有整数的集合；

  A 为所有 3 的倍数的数的集合；

  B 为所有 5 的倍数的数的集合。

② U 为大于或等于 0 的所有整数的集合；

  A 为所有 30 的因子的集合；

  B 为所有 12 的因子的集合。

③ U 为由实数 x、y 组成的所有数对 (x, y) 的集合；

  A 为满足 $x+y=5$ 的所有数对 (x, y) 的集合；

  B 为满足 $2x+4y=16$ 的所有数对 (x, y) 的集合。

④ U 为大于或等于 0 的所有整数的集合；

  A 为所有奇数的集合；

  B 为所有偶数的集合。

■**解答 3-2**

① 将集合 A、B 的元素具体写出可得

$$A = \{0, 3, 6, 9, 12, 15, 18, 21, 24, 27, 30, 33, \cdots\}$$
$$B = \{0, 5, 10, 15, 20, 25, 30, 35, \cdots\}$$

故 A 与 B 的交集 $A \cap B$ 为

$$A \cap B = \{0, 15, 30, \cdots\}$$

亦可用以下描述定义这个交集。

$A \cap B$ 为是 3 的倍数且是 5 的倍数的所有数的集合；

$A \cap B$ 为 3 与 5 的所有公倍数的集合；

$A \cap B$ 为所有 15 的倍数的数的集合。

这里提到的 15 为 3 和 5 的最小公倍数。

② 将集合 A、B 的元素具体写出可得

$$A = \{1, 2, 3, 5, 6, 10, 15, 30\}$$
$$B = \{1, 2, 3, 4, 6, 12\}$$

故 A 与 B 的交集 $A \cap B$ 为

$$A \cap B = \{1, 2, 3, 6\}$$

亦可用以下描述定义这个交集。

$A \cap B$ 为是 30 的因子且是 12 的因子的所有数的集合；

$A \cap B$ 为 30 与 12 的所有公因子的集合；

$A\bigcap B$ 为所有 6 的因子的集合。

这里提到的 6 为 30 和 12 的最大公因子。

③ 集合 A 为满足 $x+y=5$ 的所有数对 (x, y) 的集合，即为坐标平面中，直线 $x+y=5$ 上的所有点 (x, y) 的集合。

集合 B 为满足 $2x+4y=16$ 的所有数对 (x, y) 的集合，即为坐标平面中，直线 $2x+4y=16$ 上的所有点 (x,y) 的集合。

因此 A 与 B 的交集 $A\bigcap B$ 即为这两条直线的交点。

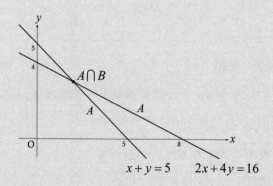

解下列方程式，

$$\begin{cases} x+y=5 \\ 2x+4y=16 \end{cases}$$

可得交点 $(x, y)=(2, 3)$。

因此，$A\bigcap B$ 为仅含数对 $(2, 3)$ 的集合。

亦可写成

$$A\bigcap B = \{(x, y) \mid (x, y) = (2, 3)\}$$

④ 将集合 A、B 的元素具体写出可得

$$A = \{1,\ 3,\ 5,\ 7,\ 9,\ 11,\ 13,\ \cdots\}$$
$$B = \{0,\ 2,\ 4,\ 6,\ 8,\ 10,\ 12,\ \cdots\}$$

A 与 B 的交集 $A \cap B$ 不包含任何元素。因此

$$A \cap B \text{ 为空集。}$$

亦可写成

$$A \cap B = \phi$$

问题 3-3（并集）

若全集 U 与集合 A、B 的定义如以下各子题描述，则各子题的并集 $A \cup B$ 分别表示哪些数的集合呢？

① U 为大于或等于 0 的所有整数的集合；

　　A 为所有除以 3 余 1 的数的集合；

　　B 为所有除以 3 余 2 的数的集合。

② U 为所有实数的集合；

　　A 为满足 $x^2 < 4$ 的所有实数 x 的集合；

　　B 为满足 $x \geqslant 0$ 的所有实数 x 的集合。

③ U 为大于或等于 0 的所有整数的集合；

　　A 为所有奇数的集合；

　　B 为所有偶数的集合。

■解答 3-3

① 将集合 A、B 的元素具体写出可得

$$A = \{1, 4, 7, 10, \cdots\}$$
$$B = \{2, 5, 8, 11, \cdots\}$$

故 A 与 B 的并集 $A \cup B$ 为

$$A \cup B = \{1, 2, 4, 5, 7, 8, 10, 11, \cdots\}$$

亦可用以下描述定义这个并集。

$A \cup B$ 为所有除以 3 余 1 或余 2 的数的集合；

$A \cup B$ 为所有无法被 3 整除的数的集合；

$A \cup B$ 为所有不是 3 的倍数的数的集合；

$A \cup B$ 为所有 3 的倍数的数的集合的补集。

② 集合 A 为满足 $x^2 < 4$ 的所有实数 x 的集合，也可说是满足 $-2 < x < 2$ 的所有实数 x 的集合。集合 A、B 的并集 $A \cup B$ 可以用图表示如下，

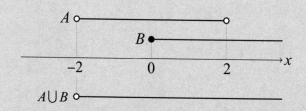

故

$A \cup B$ 为满足 $x > -2$ 的所有实数 x 的集合。

亦可写成

$$A \cup B = \{x \mid x > -2\}$$

③ 将集合 A、B 的元素具体写出可得

$$A = \{1, 3, 5, 7, 9, 11, 13, \cdots\}$$
$$B = \{0, 2, 4, 6, 8, 10, 12, \cdots\}$$

因此

$$A \cup B = \{0, 1, 2, 3, 4, 5, \cdots\}$$

换言之，A 与 B 的并集 $A \cup B$ 和全集 U 相等。

$$A \cup B = U$$

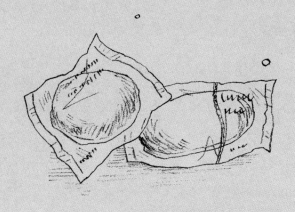

第 4 章的解答

●问题 4-1（所有握手情形）

在第 154 页中，蒂蒂本来想画出 8 人握手配对的所有情形，但没画出来。请你试着画出这些情形，共 14 种。

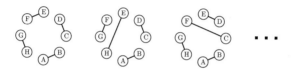

■解答 4-1

如下图所示，基于 A 与谁握手这一判断依据，我们对所有可能的握手配对情形进行分类。

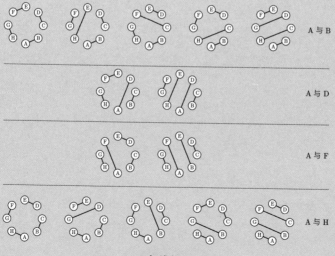

A 与谁握手

●问题 4-2（棋盘状道路）

一个 4×4 的棋盘状道路如下图所示，若想从 S 经过这些道路到达 G，共有几条最短路径呢？注意不可穿过河流。

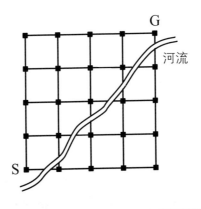

■解答 4-2

走到任意一个十字路口的最短路径数目，等于走到它左边的十字路口的最短路径数目，再加上走到它下边的十字路口的最短路径数目。如下图所示，从 S 开始依照顺序记下每个十字路口的最短路径数目，便可得知走到 G 的最短路径数目共有 14 条。

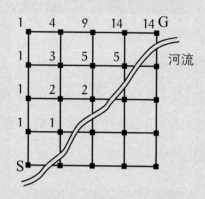

另一种解法

将不穿过河流的路径单独列出，并转换成往上或往右的路径，可得到下图。将往上的路径想成 ↗，往右的路径想成 ↘，则此问题与第 4 章的路径问题相同。因此，所求的路径数等于卡特兰数 $C_4 = 14$。

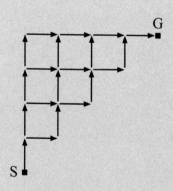

答：14 条。

●**问题 4-3（硬币的排列）**

假设一开始有数枚硬币排成一行，再往上摆放新的硬币，并规定，同一层需有 2 枚相邻硬币，才能在上面摆放 1 枚新的硬币，我们想知道共有几种摆法。以下图为例，若底部有 3 枚硬币，则摆法共有以下 5 种。

如果一开始有 4 枚硬币排成一行，那么共有几种摆法呢？

■**解答 4-3**

以三角形代替硬币，视其为一座座"山"，并以箭头表示上下山。这样一来，硬币的排列方式便可对应到上、下山箭头的排列方式。若底部有 3 枚硬币，则与这 5 种摆法对应的"山"，如下图所示。

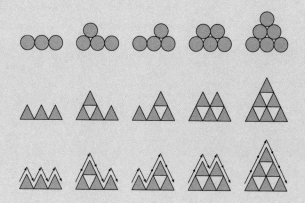

可以看出，这和第 4 章的路径问题相同。因此，当底部有 4 枚硬币时，硬币的排列方式等于卡特兰数 $C_4 = 14$。

答: 14 种。

●问题 4-4（赞成、反对）

满足以下条件的数组（$b_1, b_2, \cdots, b_8$）共有几个呢？

$$
\begin{cases}
b_1 \geqslant 0 \\
b_1 + b_2 \geqslant 0 \\
b_1 + b_2 + b_3 \geqslant 0 \\
b_1 + b_2 + b_3 + b_4 \geqslant 0 \\
b_1 + b_2 + b_3 + b_4 + b_5 \geqslant 0 \\
b_1 + b_2 + b_3 + b_4 + b_5 + b_6 \geqslant 0 \\
b_1 + b_2 + b_3 + b_4 + b_5 + b_6 + b_7 \geqslant 0 \\
b_1 + b_2 + b_3 + b_4 + b_5 + b_6 + b_7 + b_8 = 0 \quad \text{（等号）} \\
b_1, b_2, \cdots, b_8 \text{ 皆为 } 1 \text{ 或 } -1
\end{cases}
$$

■解答 4-4

将 1 视为 ↗ 、-1 视为 ↘ ，则可发现本题与第 4 章的路径问题相同。

$b_1, b_2, \cdots, b_8$ 皆为 1 或 -1，并满足以下等式，

$$b_1 + b_2 + b_3 + b_4 + b_5 + b_6 + b_7 + b_8 = 0$$

故在 $b_1, b_2, \cdots, b_8$ 这 8 个数中，1 和 -1 的个数必相等，即 ↗ 和 ↘ 的数量必相等。

且以下条件相当于路径问题中"不能潜入地下"的要求。

$$\begin{cases} b_1 \geq 0 \\ b_1 + b_2 \geq 0 \\ b_1 + b_2 + b_3 \geq 0 \\ b_1 + b_2 + b_3 + b_4 \geq 0 \\ b_1 + b_2 + b_3 + b_4 + b_5 \geq 0 \\ b_1 + b_2 + b_3 + b_4 + b_5 + b_6 \geq 0 \\ b_1 + b_2 + b_3 + b_4 + b_5 + b_6 + b_7 \geq 0 \end{cases}$$

故所求数组（$b_1, b_2, \cdots, b_8$）的个数，即为 $n=4$ 时的路径数目，与卡特兰数 C_4 相等。因此，所求个数为 14 个。

答：14 个。

补充

本题的条件也可解释成："8 人依序投出赞成票（+1）或反对

票（-1），且任意一人投完票后，反对票的数目皆不能大于赞成票的数目，并在最后使赞成票与反对票的票数相同。"

●问题 4-5（先反射再计算）

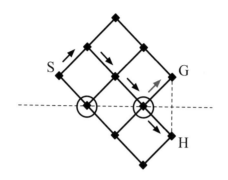

试试看第 169 页中"我"所提到的方法吧。请将所有从 S 出发潜入地下再抵达 G 的路径转换成从 S 出发抵达 H 的路径。

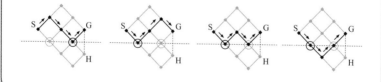

■解答 4-5

如下图所示，把通过第一个○之后的 ↗ 和 ↘ 倒过来。

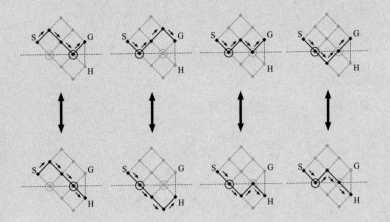

第 5 章的解答

●问题 5-1（有几种单射）

我们曾在第 193 页提到单射。假设已知两个集合，分别是有 3 个元素的 $X=\{1, 2, 3\}$ 与有 4 个元素的 $Y=\{A, B, C, D\}$。X 至 Y 为单射，下图为两种可能的元素对应情形。

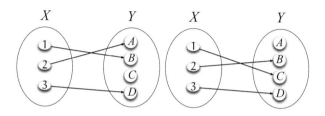

试求 X 至 Y 的单射有几种对应情形。

■解答 5-1

考虑集合 X 的元素 1、2、3，各自对应到集合 Y 的元素 A、B、C、D。由于所求为单射的对应情形，因此需要注意不能让 X 的元素重复对应到 Y 的同一个元素。

- 元素 1 可对应到 A、B、C、D 这 4 个元素中的任意一个元素。

- 不论元素 1 对应到哪个元素，元素 2 皆可对应到剩余 3 个元素中的任意一个元素。

- 不论元素 1、2 分别对应到哪个元素，元素 3 皆可对应到剩余 2 个元素中的任意一个元素。

所以，所求的单射的对应情形有

$$4 \times 3 \times 2 = 24（\text{种}）$$

答：24 种。

另一种解法

集合 X 有 3 个元素，集合 Y 有 4 个元素。若 X 至 Y 为单射，则 Y 的元素中必有 $4-3=1$ 个元素未被 X 中的任意一个元素对应到。假设未被对应到的元素为 y，则 y 有 4 种可能。

假设集合 Y 除去元素 y 之后，剩余的元素构成集合 Y'，则由集合 X 至集合 Y 的单射相当于由集合 X 至集合 Y' 的双射。因为是 3 个元素的双射，所以可能的双射的对应情形为 $3 \times 2 \times 1$ 种。

因此，所求的单射的对应情形有

$$4 \times (3 \times 2 \times 1) = 24（\text{种}）$$

答：24 种。

●问题 5-2（有几种满射）

我们曾在第 194 页提到满射。假设已知两个集合，分别是有 5 个元素的 $X = \{1, 2, 3, 4, 5\}$ 与有 2 个元素的 $Y = \{A, B\}$。X 至 Y 为满射，下图为两种可能的元素对应情形。

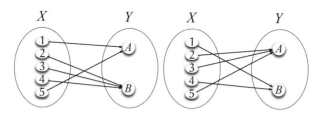

试求 X 至 Y 的满射有几种对应情形。

■解答 5-2

首先，求出由集合 X 至集合 Y 的对应情形总共有几种。

集合 X 的元素 1，可能对应到集合 Y 的元素 A 或 B，故元素 1 有 2 种对应情形。同理，元素 2 亦可对应到 A 或 B。以此类推，集合 X 内的 5 个元素对应到集合 Y 内的元素时都分别有 2 种可能的对应情形，故总共有 2^5 种对应情形。

其次，由于本题要求的是满射，因此以下 2 种情形不符合满射的条件，不能被算在内（因为满射不得有任意一个元素未被对应到）。

- 集合 X 内的所有元素皆对应到 A。

- 集合 X 内的所有元素皆对应到 B。

因此，所求的满射的对应情形有

$$2^5 - 2 = 30 \text{（种）}$$

答：30 种。

另一种解法

所求的满射的对应情形等于：将集合 X 分割成 2 个非空集合的子集，并令这 2 个子集分别为 A 与 B 时，有几种可能的分割方式。因此可由下式算得答案。

$$\begin{Bmatrix} 5 \\ 2 \end{Bmatrix} \times 2 = 15 \times 2 = 30$$

答：30 种。

●问题 5-3（集合的分割）

正文提到，将 n 个元素分割成 r 个非空集合的子集时，有 $\begin{Bmatrix} n \\ r \end{Bmatrix}$ 种分割方式。若我们在村木老师给的卡片上的表中多加一行一列，请试着完成这张表。

n \ r	1	2	3	4	5	6
1	1	0	0	0	0	0
2	1	1	0	0	0	0
3	1		1	0	0	0
4	1			1	0	0
5	1				1	0
6	1					1

■解答 5-3

答案如下表所示。

r / n	1	2	3	4	5	6
1	1	0	0	0	0	0
2	1	1	0	0	0	0
3	1	3	1	0	0	0
4	1	7	6	1	0	0
5	1	15	25	10	1	0
6	1	31	90	65	15	1

实际将它们分割成较小的子集不是不行，但当 n 和 r 变大时，计算会变得很费时间。我们可用第 5 章推得的递归式（第 224 页）

$$\begin{Bmatrix} n \\ r \end{Bmatrix} = \begin{Bmatrix} n-1 \\ r-1 \end{Bmatrix} + r \begin{Bmatrix} n-1 \\ r \end{Bmatrix}$$

由上往下计算表中每一列的数。以 $\begin{Bmatrix} n \\ 2 \end{Bmatrix}$ 为例，如下式

$$\begin{Bmatrix} n \\ 2 \end{Bmatrix} = \underbrace{\begin{Bmatrix} n-1 \\ 1 \end{Bmatrix}}_{\text{左上方}} + 2 \times \underbrace{\begin{Bmatrix} n-1 \\ 2 \end{Bmatrix}}_{\text{正上方}}$$

可得到以下结果。

$$\begin{Bmatrix} 2 \\ 2 \end{Bmatrix} = 1$$

$$\begin{Bmatrix} 3 \\ 2 \end{Bmatrix} = 1 + 2 \times 1 = 3$$

$$\begin{Bmatrix} 4 \\ 2 \end{Bmatrix} = 1 + 2 \times 3 = 7$$

$$\begin{Bmatrix} 5 \\ 2 \end{Bmatrix} = 1 + 2 \times 7 = 15$$

$$\begin{Bmatrix} 6 \\ 2 \end{Bmatrix} = 1 + 2 \times 15 = 31$$

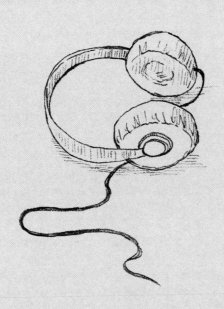

献给想深入思考的你

除了本书的数学对话，我给想深入思考的你准备了研究问题。本书不会给出答案，而且答案可能不止一个。

请试着自己解题，或者找其他对这些问题感兴趣的人一起思考吧。

第 1 章　不是 Lazy Susan 的错

●研究问题 1–X1（相邻）

假设有 n 人入座一张圆桌（$n \geqslant 2$）。若其中 2 人的座位需相邻，则有几种入座方式呢？

●研究问题 1–X2（坐在一起）

假设有 n 人入座一张圆桌（$n \geqslant 2$）。若其中 k 人（$2 \leqslant k \leqslant n$）需坐在一起，则有几种入座方式呢？请分别考虑以下情形。

（1）不区分 k 人座位的相对位置，只要坐在一起就好。

（2）若 k 人座位的相对位置不同，则视为不同的入座方式。

●研究问题 1-X3（有数块相同宝石的念珠串）

将 4 块宝石串成一圈作成念珠串，其中 2 块宝石彼此相同无法区分（也就是假设 4 块宝石为 A、A、B、C），请问：可作出几种念珠串呢？

注意：请实际画出所有宝石的排列情形。

●研究问题 1-X4（树形图）

在计算排列组合的题目时，我们希望没有遗漏、没有重复。树形图是很方便的工具，你觉得是为什么呢？

第 2 章　好玩的组合

●研究问题 2-X1（排列组合）

下图为从 5 人中选出 2 人时，各种排列与组合的结果。若改

为从 5 人中选出 3 人，可画出类似的示意图吗？

从 5 人中选出 2 人的排列

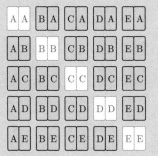

从 5 人中选出 2 人的组合

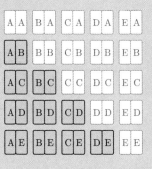

●研究问题 2−X2（杨辉三角形）

在第 2 章中，我们从杨辉三角形中找出了许多数的排列规则。请你试着找找看其他有趣的规则吧。

●研究问题 2−X3（组合与重复次数）

从 n 人中选出 r 人的组合数可由下式求得

$$\frac{n!}{r!(n-r)!}$$

本式中的分母为 $r!(n-r)!$，有除以重复次数的意思，你认为这里的重复次数指的是什么呢？

第3章 维恩图的变化

●**研究问题 3–X1（维恩图与二进制数）**

在第 3 章中，"我"和由梨将维恩图的各种图样与二进制数
一一对应（第 112 页）。请问：在求交集、并集、补集时，
分别会对应到二进制数中的哪种计算呢？

●**研究问题 3–X2（等号成立的条件）**

第 3 章的解答 3（第 128 页）中出现了以下不等式。请问：
在哪些条件下，这几个不等式的等号会成立呢？

$$|A| \geq 0$$
$$|A \cap B| \leq |A|$$
$$|A \cup B| \geq |A|$$
$$|A \cup B| \leq |A| + |B|$$

●**研究问题 3–X3（一般化）**

在第 3 章中，提到了 3 个集合 A、B、C 的元素个数关系式
（第 134 页）。请试着写出有 4 个集合 A、B、C、D 时，类似的
关系式。同样，请将之推广至 n 个集合 $A_1, A_2, \cdots, A_n$ 的关系式。

●研究问题 3-X4（子集的个数）

属于集合 A，且其元素个数大于或等于 0 的集合，称作集合 A 的子集。设集合 A 为

$$A = \{1,\ 2,\ 4,\ 8\}$$

则以下集合皆为集合 A 的子集。

$$\{\phi\}$$
$$\{2\}$$
$$\{1,\ 8\}$$
$$\{1,\ 2,\ 4,\ 8\}$$

请问：A 的子集共有几个呢？

●研究问题 3-X5（找出规则）

第 3 章的解答 1（第 108 页），列出了 16 种维恩图的图样。这 16 种图样的排列方式有一定的规则，你能看得出来是什么规则吗？

第 4 章　你会牵起谁的手

●研究问题 4－X1（二元树的个数）

下面这种图形称为二元树。由上往下的树枝碰到〇时会分成左右两个树枝，碰到■则表示抵达末端。证明：当〇有 n 个时，二元树的排列方式有 C_n 种，其中 C_n 为卡特兰数。以下为 $n=3$ 的二元树的示意图（$C_3=5$）。

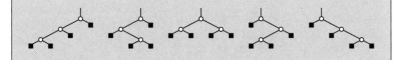

●研究问题 4-X2（金属端子的连接方式）

电线连接 n 个金属端子，欲求其有几种连接方式。若 $n=3$，所有连接方式的示意图如下（共 5 种）。

任意两条电线不得交叉。举例来说，若 $n=4$，下图（左）这种有交叉的连接方式，等同于下图（右）的连接方式。

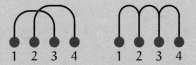

下图这种跨越其他电线的连接方式则没有问题。

证明：连接方式的数目与卡特兰数 C_n 相等。

●研究问题 4-X3（握手配对的排列）

尾声（第 235 页）的最后，少女提出了一个谜之数列。请利用这个数列，列出问题 4-1（第 180 页）中所提到的 14 种握手配对情形。

第 5 章　绘制地图

●研究问题 5–X1（递归式与图示）

欲将集合 {1, 2, 3, 4, 5} 分割成 3 个非空集合的子集，请列出 25 种分割方式，并由此确认以下递归式（第 224 页）正确无误。

$$\left\{ \begin{matrix} n \\ r \end{matrix} \right\} = \left\{ \begin{matrix} n-1 \\ r-1 \end{matrix} \right\} + r \left\{ \begin{matrix} n-1 \\ r \end{matrix} \right\}$$

●研究问题 5–X2（换个方式问）

在第 5 章中，蒂蒂思考了何谓换个方式问（第 190 页）。你认为换个方式问还有什么意义呢？换个方式问又有哪些优点或缺点呢？请尽情发挥你的想象力。

后记

你好，我是结城浩。

感谢你阅读《数学女孩的秘密笔记：排列组合篇》。本书介绍了排列、组合、环状排列、念珠排列、重复元素的排列、卡特兰数，以及第二类 Stirling 数等。与她们一起计算在不同情形下，有几种排列组合，徜徉多姿多彩的数学世界。不知你看完后觉得如何呢？

本书是将 cakes 网站连载的"数学女孩的秘密笔记"的第 61 回至第 70 回重新编写后的作品。如果你阅读完本书后，想知道更多"数学女孩的秘密笔记"的内容，请你光临这个网站。

"数学女孩的秘密笔记"系列以平易近人的数学题目为题材，描述初中生由梨及高中生蒂蒂、米尔迦和"我"4 人尽情谈论数学的故事。

这些角色亦活跃于另一个系列——"数学女孩"。这个系列的作品是以更广更深的数学题目作为题材写成的青春校园物语，也推荐你拿起这个系列的书读一读。

"数学女孩"与"数学女孩的秘密笔记"这两个系列都请你多多支持。

感谢下列名单中的各位，以及许多不愿署名的人，在写作本书时帮忙检查原稿，并提供了宝贵意见。当然，本书若有错误皆为我的疏失，并非其他人的责任。

（敬称省略）

浅见悠太、五十岚龙也、井川悠佑、石宇哲也、稻叶一浩、岩脇修冴、上衫直矢、上原隆平、植松弥公、内田大晖、内田阳一、大西健登、镜弘道、喜入正浩、北川巧、菊池夏美、木村岩、工藤淳、毛冢和宏、伊达（坂口）亚希子、伊达诚司、田中克佳、谷口亚绅、原泉美、藤田博司、古屋映实、洞龙弥、梵天由登里 (medaka-college)、前原正英、增田菜美、松浦笃史、三泽飒大、三宅喜义、村井建、村冈佑辅、山田泰树、山本良太、米内贵志。

感谢一直以来负责"数学女孩的秘密笔记"与"数学女孩"这两个系列的 SB Creative 野泽喜美男总编辑。

感谢 cakes 的加藤真显先生。

感谢所有支持我写作的人。

感谢我最爱的妻子和两个儿子。

感谢你阅读本书到最后。

我们在"数学女孩的秘密笔记"系列的下一本书中再见面吧！

结城浩

版 权 声 明